小説　創業社長死す

高杉 良

角川文庫
20343

目次

第一章　〝大喪の礼〟の日に

1

小林貢太郎《こばやしこうたろう》は、大手総合食品メーカー、東邦食品工業《とうほうしょくひんこうぎょう》株式会社の創業社長である。

小林の出社時間は午前七時三十分頃だ。本社ビルは品川区《しながわく》大井《おおい》にある。社長執務室は約六坪。隣の応接室は四坪ほどだ。

昭和四（一九二九）年二月二十五日生まれなので、〝大喪の礼〟のこの日、平成元（一九八九）年二月二十四日は還暦まで一日足りなかった。

初期の段階こそ苦労、苦闘の連続だったが、三十年ほどで売上高約一千五百億円、従業員約二千人の大企業に伸《の》しあげたのだから、見事、立派としか言いようがない。

旧制の湘南《しようなん》中学から海兵（海軍兵学校）を経て昭和二十五年三月に東京大学工学部を卒業した。

小林は前々からの約束で、畏友《いゆう》の北野久《きたのひさし》と会食することになっていた。

出社してほどなく北野から電話がかかってきた。

社長室には社内専用電話しかない。外部からの電話は必ず秘書の女性二人が取り継ぐ。二人がかりで小林を完璧《かんぺき》にフォローしていた。短大出身の三十五歳と二十三歳。森井緑《もりいみどり》と宮崎弥生《みやざきやよい》だ。

森井が一礼して入室した。

「北野さまからです。執務室で受話器をお取り下さいますか」

「オーケー。ちょっと長くなるかもしれない。ドアは閉めておいてもらおうか」

静かにドアがクローズされた。

「予定通りでよろしいのか」

「もちろん。赤坂《あかさか》の東急《とうきゆう》ホテルをブッキングしたのは通常通り日本人も受け入れてくれると分かっていたからだよ。久方ぶりに会えるのを楽しみにしてたんだ。予定通りに決まってるじゃないか」

小林の声はどこか威厳に満ちている。照れているのだろうと北野は思った。

「分かりました。午後五時でしたね」

北野は総合化学メーカー、昭栄化学工業《しょうえいかがくこうぎょう》の専務取締役（財務担当）である。昭和四年一月二十五日生まれなので、小林より一月《ひとつき》早く出生した。同じ湘南中学だが、旧制東京《とうきょう》高校出のエリートである。大学（経済学部）も小林と同期で、共に昭和二十五（一九五〇）年四月に昭栄化学工業に入社した。小林は昭和三十年三月に突然退職し、東邦食品工業を立ち上げたのだ。

2

北野は三十四年前の二人のやりとりを鮮明に覚えていた。

昼食時間に浜松町《はままつちょう》駅に近い蕎麦《そば》屋で、天麩羅《てんぷら》そば一杯で一時間もねばり、途中で女性店員にあてつけがましく水入りのコップを二回も音を立ててテーブルに置かれた。

「魚だか野菜だか知らんが、食品会社はいくら景気に左右されることは少ないとはいえ、大企業から零細企業に転じるなんてことがあり得るんだろうか。しかもあなたなら昭栄化学で確実に副社長になれるような気がする。いやトップに就く可能性もあると思うよ」

「あるとすれば北野のほうだろう」

「いや、両方ともトップはあり得ない。ウチは安田《やすだ》か佐藤《さとう》と相場が決まってるんだ」

「さあー。どうかなー」

小林は笑顔で、引っ張った声を放った。昔からそうだった。笑顔が素晴らしい。作り笑いができない小林を北野は大好きだった。がっしりした骨格で、上背も一七八センチはある。二人ともまだ平社員だった。

北野も一七五センチだからさほど負けてはいないし、北野も穏やかで優しい面立ちだ。両人とも温顔で得をしているが、負けん気の強さは似た者同士だ。

「何人で仕事を始めるの」

「六人。僕は引き込まれた口で、六人中二人が東京水産大学出だよ。湘南も一人いる。北野も知ってるが……」

「特定しなくていいぞ。小林貢太郎ほどの男を籠絡《ろうらく》したとしたら、相当な奴だな」

「籠絡はないだろう。さして悩んだわけでもないんだ。実を言うと資金を出すのはほとんど親父なんだよ。親父に泣いて口説かれたらノーとは言えんよ」

「ふうーん」

北野は唸《うな》り声を発して腕組みした。しばらく天井を見上げていた。

「あなたは湘南地区の網元の御曹司《おんぞうし》だったっけなぁ。わたしはサラリーマンの倅《せがれ》に過ぎなかったが」

北野は同年の小林に対しても、いつも丁寧な話し方をする。一目置いているからだろうか。

「なにが御曹司だ。なにがサラリーマンの倅だ。おまえこそ親父が銀行員でお坊ちゃまだったじゃないか」

「初めから昭栄化学は武者修行みたいなものだったんだな。腰掛けって言いたいくらいだ。五年間じゃ会社はあなたの育成費のほうが高くつくな」

北野はにやっとして水を飲んでコップを静かにテーブルに戻した。

「海兵も陸士（陸軍士官学校）も化学業界に結構多いが、戦争で死んだと思えば、なんでもできるっていうわけか。怖いもの知らずとも言えるが、さにあらずで小林のことだから周到に準備したんだろうなぁ。東大まで出てて、食品ねぇ。それにしてもリスクを恐れない小林には頭が下がるよ」

小林の顔がほころんだ。

「学歴をひけらかしたいのは僕も一緒だが、六人の中に商業高校出が一人いるんだ。しかしこの男はできるぞ。東大や水産大なんか目じゃないって顔に書いてあるぐらい、しっかりしているし、性格も悪くない。優しさもある……。二十代じゃなかったら、僕も腰が引けてたかもなぁ」

「なるほど。とにかく小林が一度決めたことを撤回するなどあり得んか。辞表を出す前に僕に打ち明けてくれたことをありがたいと思うしかないですね」

「いくらなんでも、そこまで水くさくないよ。〝貴様と俺とは同期の桜〟でもあることだしなぁ」

3

北野が長電話を打ち切って、振り返ると、妻の順子《じゅんこ》が背後に立っていた。

「〝大喪の礼〟の日の早朝にどなたかと思ったら、やっぱり小林貢太郎さんだったんですねぇ。それも会社なんでしょ」

「そう。幹部社員は全員出勤してるんだろうな。昭和天皇に対する我々世代の思いは、それなりに格別なものがあるからなぁ」

北野は誰に対しても優しさを忘れない妻に内心感謝していたが、そんなの当たりまえだという顔を変えなかった。

妻の順子は五歳下。肌はつやつやしていて、まぁ、美形のほうだろう。息子二人はとうに家を出ていた。孫が一人いる。

北野の住居は西鎌倉《にしかまくら》だ。JR東海道《とうかいどう》線、横須賀《よこすか》線の大船《おおふな》駅までモノレールを利用しなければならなかった。会社までドア・ツー・ドアで一時間三十分は要する。

食卓に着いて、和食の朝食を摂《と》りながら順子が言った。

「夕方、由香《ゆうか》が来ますよ。それでも小林さんを優先するんですか」

「可愛い孫に逢《あ》いたくないとは言わんが、一時間で飽きる。朋友《ポンユウ》のほうが大切だ」

「なにをおっしゃいますか。あなたが三歳になって間もない由香の相手をしているのはせいぜい二、三十分ですよ。なにを話しているのか知りませんが、二階の書斎で康《やす》博《ひろ》とばかり話してるじゃないですか」

「あいつは役立ってるんだ。銀行員だけあって、一般的な情報量も豊富だ。もっとも産銀の中のことは訊《き》きもせんし、話したがらんが」

「康博も三十路《みそじ》になりましたねぇ。日本産業銀行《にほんさんぎょうぎんこう》に入行して約八年ですが、なんとかやってるんですか」

「三十の若僧だからお世辞に決まってるが、産銀の昭栄担当常務は御子息は一選抜《いちせんばつ》ですとか言ってたなぁ」

「産銀の常務なら、あなたより立場は上でしょう。お世辞なんか言いますかねぇ」

「そういうのを親馬鹿って言うんじゃないのかね」

「あなただって、まんざらでもないんでしょ」

順子に顔を覗《のぞ》かれて、北野はむすっとなった。胸中を見すかされていた。自慢の息子だ。口にしないだけで、北野は酔っ払って、「おまえは百パーセント、わたしの遺伝子だぞ」と何回口にしたことか。もっとも、康博も負けてはいない。

「僕ほどの頭脳明晰《めいせき》、温厚篤実な男が親父だけのＤＮＡとは思えませんよ。少なくとも後者はおふくろでしょう」

「口の減らん奴だ」

「これは親父のＤＮＡです」

嫁の裕子《ひろこ》の前で臆面《おくめん》もなく言ってのける。

「わたしは、おまえみたいな口達者とはわけが違う」

そんな時、康博は黙って眉《まゆ》にツバを塗る。

小癪《こしやく》な奴、と思っても、いろいろアドバイスを受けている手前、こっちも黙るしかなかった。

「〝大喪の礼〟の日で、康博たちも行くところがないんだな。なんせ、全国民が服喪なんだ。小林のことだから正午に幹部社員共々、皇居に向かって合掌し、最敬礼すると思うな」

「あなたはどうなんですか。わたくしはそう致します」

「わたくしときたか」

「茶化さないで」

順子は珍しくきっとした顔で続けた。

「あなたもそうなさい」

「おまえに命令されなくても、そうするに決まってるよ」

北野も表情を引き締めた。

「〝大喪の礼〟の日に、わざわざ赤坂まで出向いて、ホテルでお酒を飲んでてよろしいのかしら。それにみぞれが降っているこんな寒い日なんですよ」

北野は順子に顔を覗き込まれてちょっと厭《いや》な顔をした。

「同じことを何度も言わせなさんな。こんな寒い日に康博たちも来るんだろう。風邪を引かないよう気をつけろと言ってくれ」

「小林貢太郎さんのことになると夢中になるんですねぇ」

「小林は大切な友達なんだ。それに行くところがないから、わたしに会いたいと言ってきたんだろう。それもずいぶん前だぞ。一部上場の大企業の社長のスケジュールは一度決めたら簡単に変えられない」

北野は強引に言い切った。

「そんな。康博は裕子さんの実家を優先したいのをあなたに気を遣ってくれてるんじゃないですか」

「だったら、そうしろって言ったらいいだろう。だいたい、おまえ、ちょっとしつこいぞ」

「ごめんなさい。ただ、由香がジイジに会いたいって電話で言ってきたものですから」

「じゃあ電話するよ。康博か裕子が言わせたんだろう」

「それはないでしょう」

北野が時計に眼を落とすと八時二十分だった。銀行員の長時間勤務はつとに聞こえている。今頃、親子三人とも白河夜船と察せられた。

4

当初の約束時間を一時間早めて五時にしたのは、赤坂界隈《かいわい》が混んでいるかもしれないと思わぬでもなかったからだが、まったく逆だった。がらがらもいいところで、地下鉄赤坂見附《みつけ》駅から徒歩五、六分、薄気味悪いほどの静けさだった。小雨だが厳しい寒さだ。

北野は会社の専用車以外に車を利用することはほとんどなかった。公私を峻別《しゅんべつ》するのは小林も同じだ。

この日は、ＪＲ大船駅から地下鉄赤坂見附駅まですべて電車を利用したが、電車も空《す》いていた。

ところが、東急ホテルのロビーの混雑ぶりは異様だった。外国人が多く、邦人は半分ぐらいだろうか。ホテルオークラも、赤坂プリンスも日本人客はオフリミットされたらしい。

小林は気働きがする。秘書の躾《しつけ》にもよるのだろうが、五時のブッキングは正解だった。

北野が天麩羅《てんぷら》店に辿《たど》り着いたのは午後四時五十分だが、小林はすでに来ていて、カウンターのはじっこで手を挙げた。

「やあ」

「お久しぶり。小林貢太郎さんの超多忙ぶりは言わずもがなだな」

北野はオーバーコートを男性従業員に手渡した。両人ともダークグレーのスーツ姿だ。北野はスキー用の下着を着こんできたので、少々蒸し暑く感じたほどだ。

「お互いさまだろう。お呼び立てして悪かった。でもなあ。おまえはお見通しだろうが、腹蔵なく、なんでも話せるのは北野しかおらんのだ」

「小林に朋友、畏友《いゆう》と思われてるとしたら、ありがたいことですよ。幸福感を覚えるはオーバーだが、感謝感激しているのは、わたしのほうだ」

「本当にありがとう。嬉《うれ》しくてならないよ」

小林は意外にも涙腺《るいせん》がゆるい。もう眼尻《めじり》に涙を滲《にじ》ませていた。

北野は、小林の肩に右手を乗せた。

「熱燗《あつかん》をいただこうか。なにはともあれ、昭和天皇に献杯しなければ」

「おっしゃるとおりだ。お姉さん、熱燗を適当にお願いする。天麩羅はコースでよろしく」

「愚息から聞いたが、ブッシュ大統領は体調不良を押して来日してくれたらしいね。日本が世界に冠たる経済大国、大債権国たる証左で、世界中のVIPが東京に集結してる。このホテルの盛況ぶりからも分かるが、米ABC、CBS、NBC、英BBCを始め、どえらい報道関係者がここに集まってるんじゃないかな。愚息は留学中に知り合った外銀のアメリカ人と電話で話したらしいが、世界的にも空前のお葬式と言われているそうだ」

「それは結構なことだ。我が東邦食品工業は、本社も工場も研究所も全社員が出勤したんだ。正午に皇居に向かって合掌し、最敬礼した。それは国民の義務と僕は心得ているからね」

「なるほど。小林らしいな。創業社長の命令には誰も逆らえません。それでよろしい」

北野は深く深く頷《うなず》いた。光景も目に見える。

「そのあとはどうしてたんですか」

「仕事するに決まってるだろう。いちいち僕に相談に来るからな」

「あの小さな執務室で、あなたはずっとテレビを観てたんじゃなかったの」

北野の口吻《こうふん》は揶揄《やゆ》的でもなければ、皮肉っぽくもなかった。小林のことだから当然と思わなければいけない。

「昭栄はどうしたんだ。本社ぐらいは……」

「出社した人もいるとは思うが、少なくともわたしはそうしなかった」

出社したのはごくごく限られた社員に相違ないが、そうは言えなかった。

「もっとも現場はいつも通りだ。大分石油化学《おおいたせきゆかがく》コンビナート全体を休止するわけにもいかんでしょう。ついでに少しだけ耳の痛いことを言わせてもらっていいですか」

「どうぞ。なんなりと言ってくれ」

「昭栄化学同様、週休二日制にしたらいいな。このことは一流企業の証《あかし》でもある。銀行さえもが間もなく週休二日制になるんだからな」

「お、おまえ、言い過ぎなんじゃないのか。僕は土曜日にどこへ行けばいいんだ。僕の行く場所がなくなっちゃうじゃないか」

小林は血相を変えていた。声が尖《とが》るのも仕方ない。北野は辺りを気にしながら声量を落とそうとして背筋を伸ばした。

カウンターは満席だが、シティホテルなので窮屈というほどのことはなかった。

「行くところはいろいろあるだろう。ゴルフをするもよし、枝美子《えみこ》ちゃんと過ごすのもよし……。剣道もあるなぁ」

「ふうーん」

「もっと言わせてもらいますよ。日華食品《にっかしょくひん》はとっくに週休二日制を実施している」

ライバル会社の名前を出されて、小林はあからさまに顔をしかめたが、タイミングよく熱燗と突き出しの小柱と若布《わかめ》の酢の物がカウンターに並んだ。

酌をしたのは着物姿の従業員だ。

小林がネクタイを締め直しながら言った。

「あとは自分たちでやりますからいいですよ」

「失礼致しました」

従業員が去ったのを待っていたように北野が白磁の猪口《ちょこ》を持ち上げた。

「昭和天皇の御冥福《めいふく》を祈って献杯」

「献杯」

小林が猪口をぶつけてきそうになったので、北野は横を向いて避けた。

「そうだったな。乾杯とは違うんだ」

北野も小林もゆっくり手酌で二杯飲んだ。

「ほかならぬ北野の仰せに従って、週休二日制についてはとくと研究させてもらう」

「それがいい、それがいい。投げやりな口調だから、ま、当てにしないで待ちましょう。しかし、そこまで言うのは、なにか良いことがあったのかな」

「おまえはいつも先回りする。いっとう参るのはそれだ」

小林は満面の笑みで続けた。

「枝美子がなあ、女子学院《じょしがくいん》に受かったよ。それが話したくて話したくて、言いたくてしょうがなかったんだ。会社でおおっぴらに話せることじゃないしなぁ。〝大喪の礼〟の日になんだけど」

「なにをおっしゃいますか。それとこれとは大違い。別でしょう。おめでとう。衷心から申し上げます。ほんとうにおめでとう。枝美子ちゃん、もう中学生になるのか」

「嬉しいよ。北野に祝ってもらえて」

「いやあ。枝美子ちゃん良く頑張ったね。妙な文部省の初等中等局長が決めた学校群制度のおかげで、私立中学、私立高校の偏差値が上がり、教育産業が伸《の》してきたが、女子学院は男子の中高一貫校で言えば麻布《あざぶ》に匹敵する。数多《あまた》の女子校でも格が違うと思うよ」

「麻布を出たのが言うと気障《きざ》になるが、湘南が言うんだから、余計嬉しいよ」

「しかも美形なんでしょう。ヨチヨチ歩きの頃から賢そうな顔してたね」

小林がもじもじしながら背広のポケットから名刺入れを取り出した。

名刺と同じサイズの写真だった。

気恥ずかしそうに小林から手渡された写真には、母娘《おやこ》二人が写っていた。

「美和子《みわこ》さんは容色が衰えないね。枝美子ちゃんも美人だ。愚妻に見せたらさぞや焼き餅《もち》を焼きますねぇ」

「順子さんはそういう人じゃないよ。喜んでくれると思うんだが」

「じゃあ、試してみよう」

わざとらしくワイシャツのポケットに仕舞おうとする北野の手首を小林はあわて気味に摑《つか》んだ。

「じょ、冗談じゃない。こ、これを見せられるのは北野だけだ」

「分かった分かった。きみに力まかせに握られたら骨折しちゃう」

大袈裟《おおげさ》ではなかった。小林のごつい手と膂力《りょりょく》の強さと言ったらない。

「その節はお世話になりました。御恩は忘れません」

「他人行儀なそんな言いかたは小林貢太郎らしくない。愚妻とわたしは、心底あなたの応援団だった。奥方にはバレてないのか」

「分からんが、一切口にしたことはない。子供を産むことを拒んだ手前、知らんぷりしているしかないのかもなぁ」

「小林は名うての恐妻家だが、〝別室〟はあなたのオアシスだ。しかも、孫のような子供を授かったんだから」

「四十七歳の時の子だぞ。孫はひどいじゃないか……。あの学校は環境も抜群に良好なんだ」

北野は二つの猪口を満たした。

「乾杯しよう」

「ありがとう」

二人は静かに杯を触れ合わせて小声で「乾杯」した。

5

熱燗《あつかん》がそれぞれ三本目になった時、北野が言った。

「ちょっと佐藤治雄《はるお》さんの話をしてもいいかな」

「おお、いいよ」

「大昔、小林が退職話をした時、きみなら昭栄化学で社長になれるかもしれないと言ったね。西本《にしもと》さんを後継者に指名した佐藤治雄名誉会長を立派だと思いませんか」

会長の西本康之《やすゆき》は昭栄化学工業のエース的存在だった。驕《おご》り高ぶった感じは微塵《みじん》も無い。上下左右の関係なく、自然体で気遣いする。東大工学部で小林の九年先輩だ。

北野は西本が上司だったら、自分の能力をもっと引き出してくれたろうと思ったことが、一再ならずあった。

幼少の頃から水泳で鍛えた西本の身体の頑強さは「この人とどっこいどっこいかも

なぁ」と小林の横顔を見ながら北野は独りごちた。

小林は後頭部に手をやりながら言った。

「おっしゃるとおりだ。安田さん、佐藤さんと続いたから、次は安田さんの御子息か佐藤さんの女婿かとてっきり思ってたんだが、びっくりしたよ。当て推量だが、安田さんの御子息はお話にならんだろう。判断ミスもやらかしたと聞いている。男のくせにあの『ざあます』言葉はなんとかならんかと思ったものだ。佐藤治雄さんの女婿をスカウトするわけにもいかんよねぇ」

舞茸《まいたけ》の天麩羅《てんぷら》を嚥下《えんげ》して、北野が反論した。

「ちょっと違うなぁ。佐藤治雄さんは西本さんの力量を採用以降ずうっと評価し続けていたと思う」

「そうかなあ。横浜《よこはま》工場長になった頃からとか聞いているぞ。それと北野がおべんちゃらを言うとも思えんが、僕は言いたいことを言うほうだから、昭栄化学に残っていたら、とっくに子会社に飛ばされてたろうな」

「謙遜《けんそん》と受け止めよう。もっとも、佐藤治雄さんのお嬢さんは昭栄化学以上に名門の石田《いしだ》鉄工所《てっこうじょ》の社長に嫁いだから、スカウトはあり得ない。業績も好調だそうだ」

「佐藤さんはまだ人事に介入してるんだろう」

「オーナー的存在だからトップクラスなら相談はするでしょう」

「佐藤治雄さんは絵画ではプロ級だし、読書家でもある。教養人として傑出してるから、数多の財界人に煙たがられてもしょうがないか。本来なら財界四団体のトップになるべき人だったと思うけど」

「おっしゃるとおりだ」

大洋自動車《たいようじどうしや》会長の瀬川隆《せがわたかし》が経済同人会《けいざいどうじんかい》の代表幹事に就任したのは昭和五十三年四月だが、毎朝新聞《まいちようしんぶん》は、〝佐藤治雄氏、経済同人会代表幹事に〟と大きな見出しで報じた。毎朝新聞の誤報だったが、そうであってもおかしくない存在感を、佐藤が持っていることの証左でもある。

新聞を見せびらかす、佐藤の嬉々《きき》とした顔を眼に浮かべながら北野が言った。

「瀬川氏より佐藤名誉会長のほうが適任だったことは間違いないと思う」

「そうかもしれない。大洋自動車はセントラル自動車にだいぶ水をあけられたからな。労使関係も悪過ぎる」

「きみは絵心もあるほうだったな」

「かじった程度で、佐藤治雄さんみたいに絵筆を持とうとは思わない」

6

搔《か》き揚げが運ばれてきた。北野が時計を見ると午後七時十分だった。

「そろそろおひらきにしますかねぇ」

「もうちょっといいじゃないか」

「天下の東邦食品工業のオーナーなんだからもう少しおつきあいさせていただこうか。以前会った時は中小企業に毛が生えた程度などとえらく謙虚なことを言ってたが」

「大企業病になるなは、僕の口ぐせなんだ。気になってたのなら謝るよ」

小林はほんの申し訳程度に頭を下げた。

「オーナー社長で、東邦食品工業は飛ぶ鳥を落とす勢いもある。小林の英断に拍手喝《かっ》采《さい》だな。凄《すご》い経営トップになったねぇ」

北野にしみじみと言われ、低頭されて、小林の表情がいっそうほころんだ。

「運がよかった。僕も頑張ったが、部下たちは僕以上に頑張ってくれた。アメリカに進出した時、ありもしない特許で日華食品にクレームを付けられて裁判沙汰《ざた》になったが、我が社の完勝に終わった」

「その話はあなたから何度も聞いてますが、率直に言って、日華食品のオーナーには若干問題があるし、これまた何度も聞かされているが、東経産《とうけいさん》（東京経済産業新聞《とうきょうけいざいさんぎょうしんぶん》）の報道は酷《ひど》かったねぇ」

「記事と広告で、こてんぱんにやられた。誤報もいいところなんだが、ウチは逆に東経産に逆恨みされて、未《いま》だにえらい目にあってるよ。農水省の高官から聞いた話だが、東経産の記者だけを呼んで、都合良くリークすると、一面トップで大きく書いてくれるそうだ。大企業もまた然《しか》りで、東経産にリークしたら、大きく採り上げてくれるので株価にも影響する。もし毎朝新聞にリークして、大きく書かれたら、東経産の恨みを買う。パワーはあるが悩ましい新聞ではあるな。僕は懲りてるから読まないが、僕以外は役員も社員も皆読んでると思う」

「うん。読まないのは意地っ張りでもあるあなただけでしょう。第四権力の一角を占めてることは確かなのだし経済にも強い。毎朝や読広新聞《よみこうしんぶん》の経済部の自助努力不足は否めないが、これからは経済に力を入れざるを得なくなると思うよ」

「テレビのパワーは新聞の何倍だろうか。ウチの麵《めん》が売れているのは、テレビコマーシャルのお陰でもある。食品大手の味元《あじげん》さんやビール会社に比べれば、五分の一以下の宣伝費だけどねぇ」

「帰するところ、安くて美味《おい》しいからなんじゃないのかな」

「おっしゃるとおりだ」

小林は破顔してから、口を押さえて話題を変えた。

「近畿大学が和歌山と奄美大島《あまみおおしま》で鮪《まぐろ》の養殖に取り組んでいるが、僕の直感では物になるような気がしてならない。ウチは鰻《うなぎ》の養殖の研究開発に取り組んでいるが、どうなることやら」

言葉とは裏腹に小林の口調は自信たっぷりだった。

「口が滑った。まだ内々のことでオープンにするのは早過ぎる。絶対に内緒だぞ」

「心します」

北野は思案顔を小林に向けた。

「産銀副頭取の黒川洋《くろかわよう》氏の実母は、女子学院の院長をしていた筈《はず》ですよ。黒川氏とはテニス仲間でもあるんですが、人柄の良さ、性格の良さは母親譲りかもしれませんね」

「産銀は『俺が、俺が』みたいな自意識過剰なのが一杯いる。黒川さんは図体《ずうたい》もでかいので目立つからなぁ。次期頭取は決定的だろう」

「そうなんですか。いやぁ、分かりません」

北野はかすかに首をかしげた。

「今夜は中目黒《なかめぐろ》に泊まるつもりなんだ。おまえもつきあってくれれば嬉《うれ》しいんだが」

「美和子さんにも枝美子ちゃんにもお会いしたいのは山々だが、今夜は親子水入らずに限る。またの機会にしよう。お祝いにホテルオークラの〝さざんか〟で昼食会というのはどうだろうか」

7

何を思い出したのか、北野の表情が動いた。大昔の蕎麦《そば》屋での光景を再度眼に浮かべたのだ。

「昔の話だが、東大まで出てなんていう言いかたはよろしくないな。官庁ならキャリアの多くがそうなのだから誰一人そんなことは口の端に掛けることもないが、私企業では東大出を鼻に掛けるのが結構多い。自戒せんとなぁ。早慶、京大、阪大《はんだい》、九大などに実力で負けているのも一杯いることでもあるしねぇ」

小林は笑顔で頷《うなず》き、腕組みした。

「うんうん。学部にもよるけどね。ウチは東大は僕一人だから問題無い。むしろ青山や学習院を出てるほうができるような気がするよ。昭栄化学の本社ではあり得ない話だろうが」

「高等専門学校出はやはり中途半端な気がしないでもない。大学出には敵《かな》わんのじゃないか」

「分かる分かる。ただし昭栄化学のような一流大企業とは全然違う。研究開発部門にも高専出で頑張ってるのは何人かいるよ。学歴、学校はさして関係ないが仕事ができるかできないかは当人の自助努力のいかんだろう。それと運もある。上司は選べない。駄目なのは見えすいたゴマ擂《す》りだ。擂りかたにもいろいろある」

「ゴマ擂りばっかりと思ったほうがいいんじゃないのかな。これもあなたに限って言えばの話だけど。ただ、あなたは優しい人でもあるから、わたしがいらぬお節介をする必要はないな」

小林がいっそう声をひそめて言った。

「ウチの大学出はほぼ僕のコネで採用している。もちろんＳＰＩ（総合適性検査）はしているがね」

「コネ入社は担保する人の立場、能力によってはプラスの面もあるでしょう。政治家本人ならともかく、秘書が推してくるのは、ほぼ使い物にならないと思うが……」

「人を見る目は〝先生様〟より上だよ」

「なるほど。全員があなたの眼鏡にかなうとすれば、なおさら心強いよなぁ」

小林の笑顔が輝いた。

「面接するのは人事部だが、当然のことながら最終面接するのは僕だからね。ＳＰＩで思い出したが、その前身のリクエスト社方式は昭和三十八（一九六三）年に開発さあるごとに褒めていたねぇ。隙間産業をここまで成長させた江頭正治君の先見性、ポテンシャルは見事だとかなんとか」

「リクエスト事件の発覚で江頭さんは天国から地獄へ墜落しちゃいましたね」

リクエスト事件とはリクエスト・グループの不動産部門で子会社のリクエスト・コスモスの未公開株を額面で譲渡し、公開によって暴騰した時点で売却させて巨額の利益をもたらすという株売買による贈賄の新しい手口のことだ。ファイナンスまで付けてもらったせこいのも存在した。後に戦後最大級の構造汚職事件と位置づけられた。

政・官・財のトライアングルどころか第四権力と称されるマスコミまでがリクエスト・コスモス事件に巻き込まれた。

それこそマスコミにおける最たるものは東経産である。

当該事件の発覚は昭和六十三年六月の毎朝新聞のスクープによる。

その日のうちに東経産の社内は騒然となった。野林健《のばやしたけし》社長と江頭の親密ぶりは、広範囲に伝わっていたからだ。二人は大学も同窓で社交ダンス仲間でもあった。

野林は江頭から昭和五十九年末にリクエスト・コスモス株二万株を取得していたのだ。

「内外を問わず取材攻勢のもの凄さは、〝大喪の礼〟で一時休戦だったが、あしたからのリクエスト事件再燃が心配だねぇ」

小林が下唇を突き出した。

「産銀は大丈夫なのかね」

「あり得ないそうだ。銀行村どころか金融全体も安全地帯だろうとか愚息は言ってた」

「確かにそうかもな。天にツバすると一緒だ。僕も昭栄疑獄を思い出した。でっかい社長執務室だったか。日野《ひの》社長の額縁入り写真だけは除外されてるんだったな」

「その話はタブーだろう」

「おまえとの仲でタブーでもないだろう」

「ふうーん。まあねぇ。日野社長時代の昭和二十三年採用組にも優秀なのが結構いるが、日野氏に対する見方はわたしなどとはちょっと違ってる。清濁あわせのむ立派な経営者だったとはっきり言うからなぁ」

「立場にもよるし、表裏もある。産銀の七十五年史にも、計表・図表・法令・定款、および年表をまとめた別冊にも昭栄疑獄に関する記述は一行もない。ゼロなんだ」

「日本のあっちこっちが焼け野原の混乱期にGHQには誰も抗《あらが》えなかった。闘ったのは産銀だけかもしれんぞ。戦犯銀行が生き返ったものな。そのうえ、どさくさにまぎれて復興金融公庫《ふっこうきんゆうこうこ》まで立ち上げた。GHQとタフネゴシエーションでリーダーシップを発揮した山中素平《やまなかそへい》さんが輝くわけだよ。産銀は未だに都銀大手より格上だからなぁ。

人材の宝庫とか自惚《うぬぼ》れてもいるなあ」

「産銀にもピンからキリまでいるさ。〝小林商店〟も然《しか》り、昭栄も然り」

北野はトイレに立った。

8

トイレから戻った北野が椅子に座らずに小林の肩を叩《たた》いた。

「そろそろおひらきにしましょう」

「〝小林商店〟に免じてもうちょっと。あと一杯だけ頼む」

「行列で待ってる人たちがいるから、じゃあ、あと十分」

両人が時計を見ると、七時五十分だった。ジャスト三時間。

「鶴首《かくしゅ》してあなたを待ってる枝美子ちゃんが可哀想じゃないか。美和子さんだってそうだと思うよ」

「赤ん坊の時は東中野のアパートの一室で辛抱させたので、今は十二分に親馬鹿ぶりを発揮してるから安心してくれ。きょうは〝別室〟に泊まるよ」

小林は下ばかり見て、割り箸《ばし》を箸袋《はしぶくろ》に入れたり出したりしている。気性は激しいが照れ屋であり、シャイだった。

「北野はあしたテニスなのか」

「天候次第だけどな」

「それじゃあ無理だな」

小林が笑顔を左へねじった。

北野も白い歯で応じた。

「まだ話したりないのか」

「マッカーサー元帥の顔が眼に浮かんじゃったんだ。皇居前に近いビルを接収した総司令部にお出ましになった現人神《あらひとがみ》の天皇陛下を象徴天皇制へ強制移行したのはマッカーサーだ。野心家のマッカーサーは日本を再生させたのを売りにして大統領を志向したと思うが、いくらかつては副官だったとはいえアイゼンハワーに敵うわけがない。連合国軍最高司令官としてノルマンディ上陸作戦を指揮しドイツを打ちのめしたんだからな」

何度聞いたことやら――。

「あなたはいつもながら勇ましいなぁ。マッカーサー元帥が第三十三代アメリカ大統領のトルーマンに呼びつけられて解任されたのは、朝鮮戦争で中国軍と北朝鮮軍に陸上戦で韓国が攻め込まれた時、北朝鮮への原爆投下を主張したからだったんでしょう。トルーマンは広島と長崎に二種類の原爆を投下した。ルーズベルト前大統領の遺言だから仕方なかったとトルーマンは開き直ったらしいが、その非人道性は認識していた。アングロ‐サクソンで一番酷《ひど》いのはルーズベルトとトルーマンかもしれないねぇ。イエローなるが故に日本はターゲットにされて世界唯一の被爆国にされた」

「我々の世代ではドイツとイタリアが日本の味方だと身に滲《し》みて知ってるせいか、ナチスはともかくドイツを憎む気になれない。おまえも覚えがあるだろうけど、ワシントンのミュージアムにエノラ・ゲイ号が飾ってあるのを見て、ふざけやがってと思わない日本人がいるとしたら問題だぞ。アングロ‐サクソンのアメリカ人に何度訊《き》いても太平洋戦争早期終結のためだとぬかしやがる」

「分かった分かった。しかしながら、アメリカで稼ごうとしている小林がそこまで言うのは矛盾してるでしょう」

さすがの北野も「またトイレに寄って帰らせてもらうぞ」と腰をあげた。

9

〝大喪の礼〟の日午後五時四十分。東邦食品工業本社ビル六階の狭い応接室は、深井《ふかい》誠一《せいいち》・専務取締役、平野《ひらの》静夫《しずお》・常務取締役研究開発担当、筒井《つつい》節《せつ》同営業担当、北原《きたはら》和彦《かずひこ》同管理担当ら役職役員六名による鳩首凝議《きゅうしゅぎょうぎ》の真最中だった。

ビルの暖房は五時に止められたが、小林貢太郎から示された案件の内容はただならぬものだったからだ。侃々諤々《かんかんがくがく》の議論の熱気で、グレーの作業着を袖《そで》まくりしている者もいた。ただし、全員がきちっとネクタイを着用していた。

「社長が……」

深井が親指を立てて続けた。

「いないとどうして皆さんこんなに活発になるのかねぇ。僕もその一人かもしれないが……」

深井のひと言でシーンとなった。

深井は五十八歳で小林に次ぐナンバー2《ツー》だ。むろん創業以来の仲である。一時期、東京水産大きっての秀才で聞こえていた。

五十四歳の北原も創業仲間だ。商業高校卒ながら小林に対して、結構物申すほうだが、丁寧過ぎるほどの言葉遣いを忘れないところはさすがである。筒井も平野も生え抜きだが、黙って下ばかり見ていた。

あとの二人は小林にスカウトされた中途入社だが、一人だけ「新参者のわたしが……」といちいち短い前口上を述べる者がいた。「それはもういいだろう」と深井に注意されても、直そうとしない頑固さが小林に気に入られた節もある。

「六人の中に手を挙げる者がいなければ、社長に指名されるだけのことだが、この中に立候補する者はおらんのだろうか」

深井と北原の眼が合った。

「わたしが手を挙げましょうか」

「冗談にもほどがある。きみは自身の後任を指名できるのか。いるんなら言いたまえ」

「いや。時間をいただけませんでしょうか」

小林に今夜中と言われたのを思い出して、北原は深井に低頭した。

「きみは社長の副官でもあると自他共に認めている」

深井が一同を見回した。

「英語の得意、不得意は無関係だ。西海岸の従業員はメキシカンが多いので、学ぶならむしろスペイン語のほうだ。そんなことも彼らの中に入って行けば、自然と身につくだろう」

東邦食品工業は日華食品に、売上高で約三倍、株価で二倍強の差を付けられていた。日華食品の立場に立てば、東邦食品工業にライバル視される謂《い》われはない。嗤《わら》わせるなと思われてもいることは、六人共百も承知だった。特許係争に勝利したくらいのことで、図に乗ってはいけないと深井も北原も内心忸怩《じくじ》たるものがあった。

深井が一人一人を凝視した。五人共うなだれた。

「分かった。僕が行く。立候補して手柄を独り占めするからな」

深井は冗談ともつかずに言ったが、引き攣《つ》った顔ばかりだった。

東邦食品工業は、全額出資による別会社方式によりアメリカ西海岸のロサンゼルス近郊で、すでにカップ麺《めん》の製造・販売を開始していた。社名には、東邦食品工業のブランド名、コバチャンを採用した。さらに東海岸のバージニア州にも工場用地を確保し、近く建設工事に着手しなければならなかった。

大手広告代理店の推薦で、イタリア系アメリカ人を工場操業初期の社長に決めたのは小林である。判断するのは全て小林だ。問題は結果であり、成功する確率のほうが高いにしても失敗した時の撤退の判断は難しい。

小林は深井を切り札的存在と考えていた。

あす二十五日の土曜日に、深井が四の五の言うようなら「俺がコバチャンＩＮＣ．の社長を兼務する」と宣言し、「アメリカからの撤退処理も視野に入れているから、そう覚悟しろ」と言い出しかねない自分を意識していた。

ずるずるべったりにコバチャンＩＮＣ．を続けていたら、本体の東邦食品工業が経営危機に晒《さら》されかねない。小林の危機感を深井も北原も共有していたのは至極当然なのだ。

10

帰宅したばかりの北野が二階の寝室で着替えをしているとき、順子の声が聞こえた。

北野は急いでズボンを穿《は》き、シャツの上にカーディガンを羽織った。

「あなたあ。ちょっといらして。今すぐよ」

順子の声は一オクターブ高い。それにしては嬉《うれ》しそうだ。

時計を見ると午後十時四十分だった。こんな時間に何事だと思いながら、階下へ急いだ。

「電話を二階へ切り替えれば済むことだろうが」

「そうはいきません」

声はまだうわずっているが、ふっくらした顔が微笑んでいた。

「小林枝美子ちゃんですよ」

「おおうっ」

北野は受話器をひったくって、耳に押しつけるなり「こんばんは」と優しい声で言った。

「北野の小父《おじ》さまこんばんは。小林枝美子です。今夜は父がお世話になりました。小父さまがわたしのことを褒めてくださったと父から聞いて、大変嬉しく思いました」

「おめでとう。難関の中学に合格して本当におめでとう。良かった。良かった」

「ありがとうございます」

「頑張ったんだろうな。猛勉強したんでしょう」

「はい。ただ、強運だったのだと思います」

「そうそう。写真も見せてもらったよ。可愛くて賢そうだった。大きな二重瞼《まぶた》はお父さん似だが、お母さんにも良く似てきたね」

「父がそんな。恥ずかしいです」

「どうして。お父さんと小父さんの仲で、それはないでしょう」

「いいえ。恥ずかしいです」

しっかりしていた声が消え入りそうになっていた。

「近日中に小父さんと小母《おば》さんでお祝いの食事会をやらせてもらおうかな。土曜日か日曜日がいいのかなぁ」

「お気持ちだけで胸が一杯です」

「いま決めようか」

北野は受話器に掌《て》を当てて、側にいる順子に合図した。

「手帳ですね」

順子が二階へ急ぐ番だった。

「ちょっと待ってね。すぐ分かるから」

「小父さま、申し訳ありませんが、ご遠慮させてください」

「どうして。枝美子ちゃんにしてはおかしなことを言うなあ」

「でも、父に叱られると思います」

「そんな筈《はず》はない。お父さんと話したばかりなんだよ」

順子は息せき切って下りてくるなり、手帳を北野に手渡した。

「じゃあ、お父さんに替わってもらおうか」

「父はちょっと前に帰りました」

「ええっ。泊まるって言ってたよ」

「違います。母が無理矢理追い返したんです」

「ふうーん」

「お祝いの会はお祖父《じい》ちゃんを始め、何度もしてもらいました。ですから父も反対すると思います」

「それじゃ小父さんの立場がなくなってしまう。お父さんが拒んだら絶交する覚悟だからね」

美和子の両親はまだ健在だった。北野も美和子の両親に会っていた。これまた昔のことだ。他人の気持ちを思い遣《や》る良い人たちだった。

「小父さま。父が可哀想です。父をいじめないでください」

「それはそうだ。絶交はあり得ない。こういうことならどうかな。小父さんがお父さんを説得する」

「父が承諾するか分かりませんが、万一決まりましたら、申し訳ありませんが三月中にお願いします。四月は入学後の予定が分かりませんので」

「よく分かった。来週中にお父さんと日程調整しよう」

「きょうは何から何までありがとうございました。おやすみなさい」

「おやすみ」

11

北野は電話を切って、長椅子に仰向けに寝転んだ。

「ああ疲れた」

「疲れたはないでしょう。楽しい、嬉しい、ありがたい〝大喪の礼〟の日だったんじゃないんですか」

「そうだったな。美和子さんの声を聞くのを忘れたよ」

「美和子さんはさぞやお綺麗《きれい》なことでしょうね」

「近影を見せてもらった。それは確かだよ」

「あの、小林貢太郎さんが、お写真を見せたんですか。娘さんの成長がよっぽど嬉しかったんですね」

「枝美子ちゃんと少しは話したのか」

「はい。もちろん話しましたよ。『北野の小母さままでいらっしゃいますか。小父さまには父がいつもお世話になっています。遅い時間に大変申し訳ありません。まだ、起きていらっしゃいますか』とくるんですから。わたしも丁寧に丁寧に応対しました。

……ちょっとご免なさい」

縁《へり》まで伸ばしていた足をどけられて、北野は独り占めしていた長椅子に上体を起こさざるを得なかった。

「うん。こざかしいとか、こまっちゃくれとも全然違う。驚いたなあ。十二歳になったばかりできちっとした言葉遣いで話すんだから」

「美和子さんの躾《しつけ》が厳しいというか素晴らしいんだと思います」

「枝美子ちゃんが満一歳になってたと思うが。ヨチヨチ歩きだったたな」

「そうです。十二年前の十二月生まれの筈です。一月三日の昼下がりに東中野のアパートにお邪魔しましたねぇ」

「小さなアパートだったなあ。八畳一間に小さな台所が付いているだけの。ついいつも重なって寝てるのかって冷やかしたら、小林の奴、頭を掻《か》きながら『やっぱりおまえなんかつれて来るんじゃなかった』などとぬかしやがった」

「それどころじゃありませんよ。美和子さん一瞬きっとした顔を見せたの。そして、わたしに笑いかけてから枝美子ちゃんをだっこして、そっと出て行ったの。枝美子ちゃんがむずかったから。わたしも一緒について行きました。枝美子ちゃんのご機嫌はすぐに直ったわ」

北野は二度も三度も首を竦《すく》めた。

北野が掌で頭を六度も叩《たた》いたので、順子は噴き出しそうになり、あわてて口を押さえた。

時計を見ながら北野が言った。

「おい。もういいだろう。赤ワインが飲みたくなった。二度目の献杯といこう」

「はいはい。あなたはさっきから時計を気にしてたわね」

「それも一言多い口だな」

「はいはい」

「おまえも飲みたいんだろう」

「おっしゃるとおりです」

到来物の赤ワインのボトルとワイングラスがテーブルに並んだのを見届けて、北野はテーブルの席に移動した。

「テイスティングは不必要だ」

「そうは参りません。せっかちなんですから」

「仕事ができるのはせっかちと決まってるんだ」

一言多いのを順子は無視した。

「美味《おい》しい。香りもコクも立派です」

北野が順子にワイングラスを突きつけた。

「もっとどっと注いで」

「勿体《もったい》ないこと。ゆっくり味わってくださいね」

案の定、北野はその逆だった。

順子はたくしあげている着物の袖《そで》を気にしながら、小さく伸びをした。

大きな欠伸《あくび》をする北野をじっと見続け、眼が合った一瞬を順子は見逃さなかった。

「あなた、久しぶりに」

順子はすっとトイレに起《た》った。

絶妙な粉のかけかただ。北野の下腹部がうごめいたのだから詮方《せんかた》ない。

偶然が重なるとそら恐ろしいことになる。北野にとって忘れ得ぬ一日になることは確かだった。

第二章　怪文書

1

小林貢太郎が還暦を迎えた平成元（一九八九）年二月二十五日の土曜日も、東京地方はみぞれまじりの小雨が降る寒い日だった。東邦食品工業は土曜日は半ドンである。

深井誠一は午前七時二十五分に出勤し、社長執務室に向かった。

「おはよう。社長は」

「今、筒井常務とお話し中です」

秘書の宮崎弥生はにこやかに返したが、深井は眉《まゆ》をひそめた。

「ふうーん。筒井君はここに何時に来たの」

「七時二十分です。十分だけ社長とお話ししたいとおっしゃいました」

「そこの小部屋で待ってようか」

廊下をへだてて社長執務室、専用応接室の向かいに小さな応接室が在る。ほとんどは小林貢太郎社長の来客が待たされるために使用されているが、偶《たま》には役員の打ち合わせも行われる。小さなセンターテーブルとソファー、肘掛《ひじか》け椅子二脚がしつらえてあった。

わずか十分ほどだが、深井は二、三十分待たされた気分だった。苛立《いらだ》たしさ、腹立たしさと言ったらない。深井はドアを開け放しにして、時計ばかり見ていた。

「社長がお呼びです」

「分かった」

深井が宮崎弥生に声をかけられたのは七時四十一分だ。

筒井が忍び足で廊下を通過したのに深井は気付かなかった。

『挨拶《あいさつ》ぐらいすればいいものを』と深井が思うのは当然だ。だが、深井は強張《こわば》った顔のまま社長執務室に入るほど馬鹿ではなかった。

開放されたままのドアをノックして、「おはようございます」と低頭し、小林のデスクの前に立った。

「おはよう。きのうはご苦労さま。ここはちらかってるから、応接室で話そうか」

小林は骨太の長身だ。深井も一七六センチと長身だがスリムだ。丸顔の小林に対して深井はやや面長だ。ひたいが広く、メタルフレームの眼鏡の奥から放たれる眼光は鋭い。いかにもいかめしい容貌《ようぼう》だが、笑うと不思議なほど童顔になる。

もっとも、今は笑う余裕はなかった。

「筒井君とはなにを」

「営業報告だが、それは二、三分で、コバチャンINC.の責任者に志願してもいいようなことを言ってたよ」

「きのうの会議では、下ばかり見てて、そんな発言はしてませんが……」

「そうなんだろうな。筒井はええかっこしいだから。営業担当の立場なのであり得んよ」

「おっしゃるとおりです。青木光一《あおきこういち》さんの二の舞になってしまいますよ」

小林がちょっと厭《いや》な顔をした。深井が婉曲《えんきょく》に非難しているとぴんときたからだ。

青木は、深井の二年後輩で、筒井の前の営業担当常務だった。仕事はできるし、理路整然と話をする。深井は青木の次期社長を確実視していた。

ところが、小林は直言居士《こじ》の面を持つ青木を煙たがっていたのだろうか。なんと、イタリア系アメリカ人の前のコバチャンINC.の社長に据えたのだ。

「一期二年、アメリカで修行してこい。おまえなら、なんとかしてくれるだろう」

青木は抵抗した。

「わたしのドメスティック（国内）限定は社長もよくご存じの筈《はず》です。工場長でも結構ですので、それだけはご容赦ください」

「アメリカへ行くのがそんなに厭なのか」

「適材適所であるべきと思考します」

「いや、きみの将来のためにもなると思う。社長命令に従ってもらおうか」

「一晩考えさせてください」

創業社長のツルの一声に刃向かえるとは思えなかったが、連れ合いの意見を聞いてみたいと青木は思った。

「アメリカで頑張ってみるのも悪くないと思う」

「単身赴任でもいいのかね」

「それが条件なら仕方ないでしょう」

小林に単身赴任を言われた覚えはなかったが、妻にそこまで言われて、青木はアメリカ行きを決断せざるを得なかった。

コバチャンINC.を成功に導くことはできず、青木は帰国を命ぜられ、現在、東邦食品工業の子会社の社長に甘んじていた。

深井は、頭をひと振りして、青木のきかん気な顔を頭から消して、小林をまっすぐ見据えた。

「筒井君からお聞き及びかと思いますが、わたしは自分自身で手を挙げました」

「本当にいいのか」

「はい。喜んで」

「無理してるんじゃないのか。深井に反対されたら、僕が兼務するつもりだったんだ。アメリカからの撤退が前提になるが……」

「撤退の決断はまだ早いと思います」

「そのとおりだ。深井というカードを切り、それでも駄目ならしょうがない」

「裏目に出ないとも限りませんが、人事を尽くします」

「ありがとう。深井を出すのは辛《つら》いがほかに誰もいないんだ」

「社長、喜んでアメリカへ行かせていただきます」

「喜んで」

小林は怪訝《けげん》そうに上眼遣いで深井を捉《とら》えた。

「はい。昨夜遅くまで家内と話しましたが、あなたの出番だとおだてられて、その気になりました」

「そうかぁ」

小林の笑顔につられて深井が童顔になった。

「いつ発《た》つのかね」

「早ければ早いほどよろしいと思います。来週月曜日にロスへ出発します。ロスを軌道に乗せてから、バージニア工場の建設に取り組みます。わたしは、とりあえず単身赴任で参ります。見通しがつけばの話ですけれど、バージニア工場の建設は、コバチャンＩＮＣ．が黒字化してからでよろしいと思います」

青木は東海岸に拠点を持つことは二兎《にと》を追うに等しいと話していたが、深井は口にしなかった。

2

二月二十七日午前九時過ぎに、昭栄化学専務の北野久から小林に電話がかかってきた。

「〝大喪の礼〟の日にはご馳走《ちそう》になりました」

「久しぶりに北野に会えて嬉《うれ》しかったよ」

「急で恐縮だが、三時頃お訪ねしてよろしいか」

「なにごと」

「イエスなのかノーなのか」

「いいよ。なにか知らんが、三時半に待っている」

「じゃあ、あとで」

北野は三時半に東邦食品工業の本社ビルにやってきたが、六階の小部屋へ通された。よくあることだ。小林の超多忙ぶりは分かっていたが、北野は混み入った話はフェイス・ツー・フェイスであるべきだと信じて疑わなかった。

ノックの音と同時に筒井が顔を出した。

「お邪魔します」

北野は立ち上がって挨拶した。

筒井は「どうも」と言って低頭した。むろん二人は初対面ではなかったが、名刺を交わしただけのことだ。プロパー一期生と小林から聞いた記憶がある。年齢は五十二か三と思える。

筒井が無表情で包みを小さなセンターテーブルにぽーんと放り投げた。

「社長からです」

「ちょっと待ちなさい」

「…………」

「中身は分からんが、放り投げられたものをわたしが持って帰るとでも思ってるんですか」

「中身は北野専務の大好物のイクラです。いつぞや、鰹節《かつおぶし》はお気にめさなかったと社長から聞いていたものですから」

「立ってないで、まずお座りなさい」

「失礼します」

のっぺり顔を朱に染めて、筒井は北野と向かい合った。

「思い出しました。小林社長から鰹節を頂戴《ちょうだい》したことがあった。本節ではないと妻に言われ、イクラのほうがありがたかったという意味のことを話した覚えがある。それにしても、今の筒井さんの立ち居振る舞いは解せない。あなたは人に物をあげる時、いつもそんな態度をなさるのですか」

筒井ははっとしたようにソファーから北野の脇に移動し這《は》いつくばった。土下座である。

「申し訳ありませんでした。どうかお許しください」

「小林社長とわたしの関係はご存じなんでしょう」

「もちろん存じています。無二の親友だと聞いております」

「そんなところに座ってないで、椅子に掛けてください」

筒井がソファーに戻った。

「ユーモア、ウィットのつもりでした」

「あなたとはそんな親しい仲でもない。このことを小林に話したら、どうなるのかなぁ」

「わたしはクビです」

「小林はそんな分からず屋じゃないでしょう。よくやったと褒めてくれるかもしれませんよ」

北野は冗談ともつかずに続けた。

「本節と削り節を間違えて送ってしまったと小林は頭を掻《か》いていたが、社長からだとあなたは言った。本当はどうなんですか」

「北野様にお渡しするよう、ことづかってました」

「小林社長は留守なんですか」

「いいえ。接客中です。秘書にメモを入れさせます」

「わたしは閑人《ひまじん》だから、いくらでもお待ちしますよ。問題はこれをいただくか、どうかですね。頂戴するのは沽券《こけん》にかかわると考えるのが常識的だと思いますが」

「お許しください。お願いです。わたしが間違っていました」

筒井は両手を膝《ひざ》に乗せておでこがテーブルにぶつかるほどずっと頭を下げていた。

北野はテーブル上の包みを手にした。相当な分量だ。

「高価なものなんでしょうねぇ。放り投げたのは、おまえなんかに勿体《もったい》ないとでも思ったからでしょう」

「とんでもない。社長は北野様からの電話をいただいたあとすぐに、わたしに電話をかけてきて、一番高級なイクラを用意しておけとおっしゃいました」

こんなのが営業担当常務で、〝小林商店〟は大丈夫なのか、と北野は思った。

「あなたとのやりとりを全て話して、小林がどう出るか確かめたい気がしないでもないが、ま、そんな下品なことは止めておきましょう。なかったことにしますから、このイクラをお茶を運んでくれた秘書さんに渡して、ついでに袋も用意してもらって、小林から直接受け取ることにしましょう。以後、物を放り投げて渡すようなことは決してしないようにしたらよろしい」

「肝に銘じて、誓ってそうさせていただきます」

「とにかくお互い忘れることにしましょう」

「本当に申し訳ありませんでした。深く深く反省します」

ノックの音がした。北野が時計に眼を落とすと三時四十七分だった。十七分待たされたうえに、無作法者にかまけていたことが自覚され、北野の立腹は頂点に達していた。トイレに行って放尿しながら沈静化に努めた。

3

社長専用の応接室のソファーで北野と向かい合った時、小林は「ごめんごめんごめん」と三度も繰り返した。

「小林の忙しいのは承知しているので、バツが悪かったが、用向きは枝美子ちゃんと美和子さんと近々食事をしたいので、日程調整をしたいと思ってねぇ」

「そんな、いいって。お気持ちだけいただいておくよ」

「そうはいかない。枝美子ちゃんと約束したことでもあるしねぇ」

「枝美子となにか話したのか」

「えっ！　小林、気は確かか」

「どういう意味だ」

「〝大喪の礼〟の日の午後十時半頃だったかなぁ。枝美子ちゃんから電話がかかってきた。父がお世話になっていますとか、小父《おじ》さまに褒められて嬉しかったなどと言われて、わたしのほうが舞い上がってしまった。いや、愚妻共々だ。素晴らしいお嬢さんに成長したねぇ。われわれ夫婦の立場で何もしないわけにもいかんじゃないか」

小林は小首をかしげた。

「僕はなにも聞いてないぞ。だいたい、あの日以来、二人に会ってないしなぁ」

北野は首を左右に大きく振って抗議した。

「信じられん。だいたいあの日は、〝別室〟に泊まる筈《はず》じゃなかったのかね。差し出がましいのは分かっているが、あなたは本妻に気を遣い過ぎるな」

「惚《ほ》れた弱みだからしょうがないだろう」

ふくれっ面をされたが、北野はひるまなかった。

「美和子さんにも、その倍くらい惚れたんじゃなかったのかね。そのうえ、あなたのDNAは枝美子ちゃんに受け継がれたんだ。わたしなら、もう少し〝別室〟を大切にすると思うが……。小林ほど度胸も器量もないがね」

「だいたい昼日中から、会社へこんな話をしにやってくる北野のセンスはおかしいぞ」

「そうかもしれない。じゃあ、小林とは絶交するしかないな」

北野は痛いところを突かれて、笑いながら言い返した。

小林は緑茶をがぶっと飲んで、音を立てて湯呑《ゆの》み茶碗《ぢゃわん》を茶托《ちゃたく》に戻した。

「そ、そんな言いがかりみたいなことを言われる覚えはないぞ」

「だったら日程調整に応じるのがよろしい。愚妻も楽しみにしてるんだから。土日の昼がいいだろう。あいてる日をいくつか挙げてもらおうか」

手帳を出されて、小林は観念した。

「ゴルフは寒いから当分やる気はない。いつでもいいから、おまえが決めてくれ」

北野は手帳を開いた。

「四月は枝美子ちゃんの予定が立て込んでるそうだから……。早いほうがいいな。三月四日の土曜日、十一時半にホテルオークラのさざんかでいいか。鉄板焼きのステーキなら、さざんかがいちばんだ」

「北野がこんなに強引な男とは知らなかったよ」

「美和子さんと強引に別れようとした時、せっかくの神からの授かり物を手放してはならん、と言い聞かせたのは誰なのか思い出してもらいたい。それで八方収まったんじゃなかったのかね。わたしに写真まで見せてくれたのは小林の優しさゆえと思いたい」

「分かった。枝美子が北野に電話をかけたなんて夢にも思わなかったんだ」

「自発的かどうかは分からない。美和子さんのサジェッションもあると思うが、枝美子ちゃんの電話が我々夫婦を幸せな気分にしてくれたことは確かだし、小林が我々以上に幸せなことは疑う余地がない」

「おまえにはどんなに感謝してもし過ぎることはないと思ってるよ」

「じゃあ三月四日の土曜日、ランチタイムの十一時半にさざんかを予約しておく。五人でよろしいんだな」

「うん」

小林は気のない返事をした。

「プレゼントは勝手に考えさせてもらおう」

北野が手帳を背広の内ポケットに仕舞った時ノックの音がした。

「どうぞ」

小林が低音で応じた。

宮崎弥生だった。

「筒井常務から社長にお渡しするように指示されました」

「そうそう。けさ急に思い出したんだ。鰹節《かつおぶし》の本節を送ったつもりだったのに、そうじゃなかったらしいなぁ。北野にイクラがいいと言われたのを思い出したんだ」

宮崎はうやうやしく紙袋を小林に差し出した。

「これは粒よりの物だぞ」

小林から紙袋が北野に手渡された。

「ありがとうございます。順子が喜ぶだろう。小林の株も上がるな」

小林と宮崎がエレベーターホールまで北野を見送った。

「ここで失礼するぞ」

「突然の訪問で高価なお土産までいただいて、恐縮至極です」

エレベーターが一階で止まりドアが開いた時、筒井が待ち構えていた。

「先ほどは大変失礼致しました」

「もうすっかり失念した。心配しないように」

「今後ともよろしくご指導ください」

北野は右手を上げて、いつまでもお辞儀している筒井をやり過ごした。

4

北野を見送って社長執務室に戻るやいなや小林は、管理部門担当の北原和彦を呼ぶよう秘書の森井緑に命じた。

小林に呼び出されたら会議中であれ、接客中であれ、駆けつけなければならない。

小林は社長応接室で北原を待っていた。社員全員が作業着姿だが、小林が最も似合う。

「今、きみが座っているところに北野久が座ってたんだ」

「昭栄化学専務の方ですね」

「北野のお陰で今日の僕は存在していると言っても過言ではない」

小林がなにを言おうとしているのか分からず、北原は身構え、顔が強張《こわば》った。

「小林に週休二日制を採用すべきだと言われたんだが、きみはどう思う」

「北野専務はそのことを進言するためにわざわざお出《い》でになったのですか」

「それはちょっと、いやかなり違う。三日ほど前のことだが、日華食品が週休二日制になっていると聞いて、ウチも考える時期に来てると思わぬでもなかった」

あの時はカッと頭に血液が逆流したが、三日経ってやっと冷静になった自身を小林は意識した。

東邦食品工業の早朝出勤は食品業界で知らぬ者はいない。退社時間も早いが、社長の背中を見ている役員、管理職、生産現場にも、研究開発部門にも早朝出勤が励行されていた。

しかも、小林を含めて役員、社員の交際費は極端に少なく抑えられていた。

「飲み食いしなければ売れないような物は作るな。問題はヤル気と誠意だ」

小林が常々口にしているフレーズである。

〝ヤル気と誠意〟が東邦食品工業の社是になった。

「とにかく検討委員会を作って考えたらどうだろうか。方法論がないとは思えない。半ドンが二分の一あってもいいと思う。工場や研究所からも人を入れて、検討委員会を立ち上げろ。時間が勿体《もったい》ないので、会議は月二回でいいだろう。三か月後に結果を報告してくれ」

北原は週休二日制は夢の又夢《また》と考えていたが、社長のツルの一声で夢が現実になる可能性が出てきたことは確かだった。

「日華でやっていることがウチにできないとも思えん。今月中に検討チームを、いや委員会か。ネーミングもメンバーも北原に任せる」

「十人以上の規模になると思いますが、よろしいでしょうか」

「任せる。いいな、三か月後に結論を出せ。不可能と思うか」

「可能だと考えます」

「僕の行くところがなくなってしまうが、ゴルフをしろとか、剣道をやれとか北野に言われた。会社の居心地がいっとう良いからなぁ」

小林が未練がましくぶつくさ言い出したので、北原は「失礼します。さっそく検討させていただきます」と言って、応接室を出た。

5

小林は次に常務取締役で関連会社担当の橋田晃《はしだあきら》を呼んだ。

橋田は五井物産《ごいぶっさん》出身の中途入社組の一人だ。

「新参者のわたしが……」が口癖で、与えられた仕事は無難にこなすが、提案力はゼロに等しい。年齢は五十四歳。

商社マンの狡猾《こうかつ》さ、自己中心主義を、小林はいやというほど見てきた。ただし橋田にはそういうところがない。へらへらした感じが多少気になるものの、強いて言えば取り柄は性格が明るいところだろうか。

時刻は午後五時を十分過ぎていた。

「今夜あいてるか」

「はい」

「じゃあ、飯につきあってもらおうか」

「わたしでよろしいんでしょうか」

「きみと長話をしたいから、来てもらったんだ。アメリカへ行く気はなかったようだな」

「はい。パワー不足のわたしには荷が勝ち過ぎます。深井専務はご立派ですよ。単身赴任と聞いていますが、大変苦労されると思います」

「深井はフットワークが軽いから、独りのほうが動きやすいと考えたんだろう。重大使命を帯びて旅立ってくれるんだ」

「重大使命ですか」

そんなことも分からんのか、と言いたいのを小林は我慢した。

「深井でダメならアメリカから撤退しなければならない。伸《の》るか反るか判断するのは僕だが、こればかりは深井頼みだ」

「なるほど大変ですねぇ」

長閑《のどか》なものだ。

橋田が商社マンとして伸して行けなかったのは当然と思わなければいけない。

「そのへんの鮨屋《すし》にでも行こうか」

「ウチの社員で帰りに一杯やっているのもいますから、品川まで足を延ばしましょうか」

「鮨は旨《うま》いのか」

「まあまあです。小部屋もありますので予約します。リーズナブルでもあります」

「それはなによりだ」

小林は宮崎弥生に専用車を手配するよう命じて、作業着を背広に着替えた。

「橋田に電話して、一階のエレベーターホールの前で待つように言ってください」

「承知致しました」

森井緑が応えた。

小林は手ぶらで六階からエレベーターで降りたが、橋田は二台遅れた。その間、小林は退社する社員と立ち話をしたり、名前を呼んで「元気そうだな」と声をかけたりした。

工場や研究所を訪問した時も、小林は社員の名前を呼んで、親しげに話をする。約二千人の社員の名前を覚えているのは小林の特技である。

橋田が大きな鞄《かばん》を抱えて現れた。

「うちでも仕事するのかね」

「はい。要領が悪いものですから」

「ふうーん」

小林は橋田が恰好《かっこう》をつけているとまでは思わなかったが、要領が悪い筈《はず》がなかった。五井物産では部長になれたか怪しいが、商社マンにしては誠実な男だと確信していた。すべて小林の言いなりで、橋田ほど使い勝手のいい男はいないかもしれない。

品川の鮨屋の小部屋で小林と橋田は鮨ダネを肴《さかな》にして、コップ酒で八海山《はっかいさん》を飲んだ。

「六月二十八日の定時株主総会後の取締役会で社長になってもらうからな」

小林に唐突に切り出され、橋田の下ぶくれの顔がきょとんとなった。小林は早口なので正確に聞き取れなかった面もある。

「どなたが社長になるのですか」

「橋田、きみだよ。たしか五十四歳だったな」

「はい。なったばかりです。しかし、わたしには荷が勝ち過ぎます」

　橋田の声はふるえ、身内が硬直していた。

「僕は会長になるが、トップであることに変わりはない。だが、会社が大きくなってくると冠婚葬祭だけでも大変だ。身がもたんよ」

「しかし、中途採用のわたしなんかでよろしいのでしょうか」

「僕が決めることに反対する者がいるとは思えない。ま、社長心得のつもりでいたらいいだろう。しかし、お飾りであってはならない。四月の決算役員会まで、たっぷり時間はある。せいぜい勉強しておくことだな」

「深井さんじゃないのでしょうか」

「深井はコバチャンINC.の再建でそれどころではない。僕も近日中に渡米するから、深井とは意見調整しておく。深井がコバチャンINC.を軌道に乗せてくれれば、代表権を持った会長になるもよし、きみが副会長になる手もあるかもなぁ」

「そのほうが無難だと思います」

「僕は相談役になろうが、オーナーはオーナーだ」

「わたしは社長の器ではありません」

「やっかむ手合いはおるだろうが、社長心得のつもりで威張らなければ、自然みんながついてくる。地位が人を創るともいう。きみの社長は悪くない。ただし、社長室は新しく作るのは面倒だから五階の大部屋の応接室にデスクを入れるのがよろしい」

「はい。そのほうが気が楽です」

「やっとその気になってくれたか」

6

小林と橋田はコップ酒をぐいぐい飲んだ。

「深井の反応が見物だな。深井は実績面でも、僕に意見が言える立場だ。橋田社長に反対する可能性はゼロではない。青木にコバチャンＩＮＣ．をまかせた時、深井は反対した。社長候補として温存すべきだという意見だった。青木を潰《つぶ》してしまった僕の責任は重いかもしれんが、なにが起きるか分からないのがサラリーマン人生でもある」

「深井専務に反対されましたら、わたしは降ろしていただいて結構です」

「強硬に反対されても、僕は方針を貫くつもりだが、深井の処遇が難しくなるなぁ。何年先になるか分からんが、帰国後は会長のポストを約束するしか選択肢はないだろうなぁ」

「…………」

「とりあえずはアメリカの事業に専念してもらうために、本体のほうは平取《ひらとり》になってもらうが、すべてはアメリカで結果を出せるかどうかだ。今から心配するには及ばんよ」

橋田が二つのグラスに酒を満たした。

そして、平貝を食べながら思案顔になった。

「社長、もう少し慎重であるべきなんじゃないでしょうか。わたしに話す前に、深井専務と意見調整すべきだったと思います」

「なんだ。まだふらふらしてるのか。僕に任せておけ。深井は僕の気持ちを分かってくれると思うよ。人事権者に刃向かうほど肝が据わっているとも思えん。僕が深井に頭を下げれば済む話だろう」

「分かりました。わたしは当分静かにしています。関連会社担当として、一所懸命仕事をさせていただきます」

「問題企業はあるのか」

「国内は問題ありません。筒井常務が手がけた中国のジョイントベンチャーが苦戦しています」

「鰻《うなぎ》の生産、販売会社だったな。判断したのは僕だ。もう少し様子を見よう。橋田は鰻の養殖はどうなると思う」

「有望なんじゃないでしょうか」

「東大海洋研究所《とうだいかいようけんきゅうじょ》に相当な資金を投入していることでもあるから、事業化できるといいんだが。僕は事業化できるような気がしてるんだ」

「息の長いビジネスですね」

「研究開発に分不相応な資金を投入しているのは優良食品をたくさん開発すれば、世のため人のためになると思えばこそだ。このポリシーは断じて正しいと信じて疑わない」

「おっしゃるとおりです」

「おっ、もう八時過ぎだな。そろそろ帰るか」

小林は田園調布《でんえんちょうふ》の邸宅に専用車で帰宅したが、橋田は電車で帰宅した。

7

小林は八時三十五分に帰宅したが、妻の晶子《あきこ》は二階の寝室からリビングに下りてこなかった。

小林はネクタイを外しながら二階へ行き、「ただいま。帰ったぞ」と声をかけたが、晶子から応答はなかった。

ベッドルームは別々だが、晶子の部屋はドアが旋錠されていた。もう寝たのかもしれない。

小林は仕方なくベッドルームで下着などをタンスから取り出して、普段着を抱えて一風呂《ひとふろ》浴びようと階下へ下りた。

バスルームは使用した形跡があった。

バスタブの蓋《ふた》をあけると、湯もまだ熱かった。

晶子は体調を崩したのかもしれない。しかし入浴したのだからさほどのことはあるまい。

小林はそう思って、鼻唄《はなうた》まじりにバスタブに入ったり、シャワーを使ったりしていた。

鼻唄は軍歌に決まっている。

朝だ夜明けだ
潮《うしお》の息吹　うんと吸い込むあかがね色の
胸に若さの漲《みなぎ》る誇《ほこり》
海の男の艦隊勤務
月月火水木金金

小林がバスルームから出て、リビングルームからキッチンを見やると茶碗《ちゃわん》や皿が散乱していた。

いつもは洗って片づいている。

小林は厭《いや》な予感を募らせながら二階の書斎に入り、デスクの前に寄るや頭をハンマーで殴られたような衝撃を覚えた。というより心臓をわしづかみにされたような気分と言うべきかもしれない。

デスクの上に〝小林晶子様〟宛ての封書が置いてあり、ハサミで開封されていた。差出人は〝小林貢太郎〟とあるではないか。女性っぽい達筆だがデタラメにもほどがある。

前略
小林貢太郎としては晶子様に土下座して御詫《わ》びしなければなりません。
中目黒の高級マンションに愛人の美和子と実子の枝美子が住んでいます。美和子は小林征一郎《せいいちろう》（貢太郎の伯父《おじ》）と養子縁組みし、また枝美子は認知されています。戸籍謄本を取り寄せれば判明しますが、晶子様は小林貢太郎の不行跡を黙認され続けるのでしょうか。貴女《あなた》はこの際、なんらかの決断をすべきと思料しますが、如何《いかが》でしょう御返事は行動でお示し願います。

草々

か。

美和子と枝美子の存在を知り得る立場の人間は数えきれないほど大勢いる。おそらく晶子もその一人だろう。知らないふりを装うしかない立場ともいえる。

俺に敵意を抱く者はゴマンといるだろう。

しかし、こんな怪文書じみた物を送りつけてくるアブノーマルな者がこの世にいるとはショックである。

どうするか。北野久に相談し、意見を聞いてみるしかない。

小林はしたたかにウィスキーを飲み、枝美子の笑顔を眼に浮かべている間に睡魔に襲われ、ソファーに横たわって頭から厚手の毛布をかぶった。

小林は午前五時に目覚めた。暖房をつけ放しにしておいたので、風邪をひくこともなかった。

小林はベッドルームで着替えをし、ネクタイを着けスーツ姿になった。

念のため、晶子の部屋のドアノブを回したが、徒労に終わった。仮に目覚めていたとしても、ふてくされているのだろう、出てくるとは思えなかった。

午前六時前に起床する筈《はず》の晶子は六時半になってもリビングに姿を見せなかった。えらいことになった。ストライキをいつまで続ける気なのか。しかし、開き直るわけにはいかない。

8

小林は堪《たま》り兼ねて、西鎌倉の北野に電話をかけた。北野が直接受話器を取った。

「こ、小林だが、お、おはよう。もう起きてたのか」

「もちろん。七時には家を出る。日程の変更でもあるのか」

「そ、それどころじゃない。助けてくれ」

「なんのことですか」

「電話じゃ話せない。今から昭栄化学の本社へ伺ってよろしいか」

「それは無理だ。八時半に着くようにする」

「分かった。八時半に伺わせていただく」

役員応接室で小林の話を聞いて、北野は真顔で宣《のたま》った。

「チャンスがめぐってきたとわたしは考えたい。またとない絶好のチャンスだ。この手紙にも書いてあるじゃないか。奥方に土下座して、ひたすら謝罪、お詫びする一手しかないと思う。自らの出産を拒否した奥方にも非はある。それは小林の万分の一だとしても、だからこそ知らないふりをしてきたわけだろう。わたしはあなたを説得して、美和子さんと枝美子さんを切り捨てようとしたあなたを翻意させた。トータルで考えて、あなたのためになると思ったからだ。女子学院に合格したことを聞いて、祝杯をあげたことを忘れてもらっては困る」

「具体的にはどうすればいいんだ」

「この手紙のとおりだ。それと子供が欲しかったことを率直に訴えるのがいいと思う。なんなら、わたしの名前を出して、北野の入れ知恵だと話したらどうかな」

小林は緑茶を飲みながら、さかんに貧乏揺すりをした。

おそらく、晶子は事実のほとんどを把握している可能性が高い。戸籍謄本を取り寄せて確認したかどうかは分からないが。今度の怪文書以外にも情報を伝えている者が存在すると考えなければいけない。晶子は北野が応援したことまで承知しているかもしれない。

「青菜に塩の小林社長をこうして眺められるのも悪くないな。シェイクスピアの昔から、将軍も女房の前では一兵卒に過ぎんのだ。バンザイして投降する一手しかない」

「おまえは細君に浮気がバレたことはないのかね」

「なんせ品行方正だからねぇ」

「嘘ばっかり」

「冗談を言ってる場合じゃないぞ。わたしは当事者の一人とも言える。あなた方の結婚式の司会をしたので奥方とは面識もある。気品のある美しい人だった。わたしが小林の〝別室〟に関与していることを含めて一筆書こうか。奥方の気持ちを傷つけたことに対して、それこそお詫びがあってもいいと思うが」

「…………」

「よし、そうしよう。手紙を書いてくる。三十分ほど待っていてくれるか」

北野は思い切りよくソファーから腰をあげて、応接室から出て行った。

三十分足らずで北野は小林の前に戻ってきた。緑茶が片づけられ、コーヒーカップがセンターテーブルに並んでいた。

切手も貼ってあり、封書の裏側には〝緘《かん》〟とあった。

「これを投函《とうかん》するもよし、開封してお二人で読むもよし。下手《したて》に下手に出て、責任の所在はわたくし一身にあるとも書いた」

「逆効果かもなぁ。ウチの奴は北野を恨んでいる節もあるんだ」

「恨まれついでに、もっともっと恨みなさいとも、小林がいかに晶子さんを大切に大切にしているかも書いた。利口な人だから晶子さんは水に流してくれるんじゃないかな」

「ウチの奴が子供を産むことを拒んだことも書いたのか」

「いや。そこまで立ち入っていない。ま、小林が無類の恐妻家とは書いたがね」

「事実、僕はウチの奴の言いなりになっている。奴のえらいところは、会社のことには一切関心を持たないことだ。しゃしゃり出る女房はいくらでもいるが、その点は立派なもんだ」

「惚気《のろけ》るくらいだから、小林の気持ちもどうやら収まったようだな。会議が始まるのでこれで失礼する。朗報を待つとしよう」

「ありがとう。北野には頭があがらない。また借りができちゃったな」

小林はひたいをこすりながら決まり悪そうに言って、引き取った。

翌日午後三時過ぎに、小林から北野に電話がかかってきた。

北野は接客中だったが、秘書からメモが入った時、「ちょっと失礼します」と言いおいて、別の役員応接室で電話を取った。

「もしもし、北野です。きのうはご苦労さま。どういうことになったの」

小林が手紙を投函していたとしたら、レスポンスが早過ぎる。北野は怪訝《けげん》そうな顔で電話を右耳に押しあてた。

「それがなぁ。やっぱり怖くてなにも話せなかったし、北野の手紙もポケットに入れたままなんだ」

「奥方のストライキはどうなったの」

「なにごともなかったように終息した。昨夜もけさも二人で食事をした」

「ふくれっ面はどうなのかねぇ」

「それが普通の顔でテレビばかり観てるんだ」

「奥方が口を噤《つぐ》んで、胸の中に仕舞ったとしたら相当大物っていうことになるねぇ」

「ただの意地っ張りっていうだけのことかもなぁ」

気品はあるが、底意地の悪さが眼尻《めじり》に出ていた。大昔のことだが、この女性を生涯の伴侶《はんりょ》にしたら、小林は相当ふり回されるだろう、と北野はちらっと思ったものだ。

「もしもし」

「うん」

「おまえの手紙開封して読んでいいよな」

「奥方に宛てて出したものを、あなた独りで読むのはいかがなものかねぇ。記念になるから、そのまま送り返してもらおうか」

「怒ってるのか」

「少なくともその反対はない。せっかくのチャンスを……。勿体《もったい》ないと思うよ」

「順子令夫人に話すのか」

「親友のみっともない話をオープンにできるわけがないだろう。とにかく送り返してもらうのがいいと思う」

「分かった。そうするよ。色々悪かった」

「じゃあ」

北野のほうから電話を切った。人騒がせにもほどがある。小林は全然分かっていない。禍根を残すことにもなる——小林ほどの男が女房に頭が上がらず、びくびくしている。美和子と枝美子の存在を世に知らしめることをかくまで惧《おそ》れる小林の気持ちが北野には不可解だし不愉快だった。

晶子と離婚する選択肢もある。そこまで考えるのは大きなお世話、お節介が過ぎると思わなければいけないか。

9

三月四日の約束は、小林の都合でキャンセルされた。そして、五月六日の土曜日に五人の昼食会が実現した。

小林が北野に「大きな借りを返したい」とわざわざ電話をかけてきて、正午前に品川の鮨《すし》屋のカウンターで会うことになった。

「土曜日はこの辺りはビジネス街だから休みだと思うが」

「おっしゃるとおりだ。美和子がホテルオークラのようなキラキラしたところは性分に合わない、勿体ないと言い、枝美子も同調した。二対一で押し切られたら、他を探すしかないじゃないか」

「美味《おい》しそうなお鮨屋さんだが、わざわざ開けてもらったんでしょう。つまり小林は常連っていうわけなんですか」

カウンターには、ジーパンにセーター姿の枝美子を真ん中に、向かって左側に美和子と順子、右側に小林と北野が座っていた。四人ともスーツ姿だ。

「女子学院はどんな制服なの」

順子の質問に枝美子が応えた。

「ありません。私服です。でも派手な恰好《かっこう》の生徒はいません」

「はしゃいでおめかししてきたのは、わたしたち大人だけですね」

「ほんとうに」

順子に、美和子が頷《うなず》き返した。

枝美子は、小林自慢の娘だけあって、礼儀正しく、挨拶《あいさつ》の仕方、口の利き方も十二歳の小娘とは思えぬほど間然するところがなかった。

「ところで僕はこの店はまだ二度目なんです。橋田っていう商社マン出身の常務は常連らしい。彼に頼んで無理を聞いてもらいました。勝手をして申し訳ありません」

小林は、順子に眼をやって続けた。

「きょうはわたしにやらせてもらいます。ホテルオークラのさざんかよりリーズナブルですから、勘弁してください」

「小林社長、わたくしもここのほうが気楽です。美和子さんに感謝しているんです」

「生ビールでいいですか」

北野が小林に言うと、美和子も順子も頷いた。

「わたくしは緑茶をいただきます。初めからお鮨を握ってください。嫌いなものはありませんので、お任せします」

枝美子にかぶせるように北野が口を挟んだ。

「美味しいものをどんどんお願いします。今日は枝美子ちゃんの入学祝いなんです」

中年の鮨職人はにこやかに応対し、感じがよかった。若い男の店員も気が利いている。カウンターにあっという間に飲み物と取り皿などが並んだ。

「あなた……」

順子が北野のほうを窺《うかが》った。

「乾杯の前にプレゼントを差し上げてよろしいでしょうか」

「いいだろう」

「お気に召すかどうか分かりませんが……」

手渡された包みを受け取るなり、枝美子は笑顔を順子と北野に向けて、「ありがとうございます。開けてよろしいでしょうか」と訊《き》いた。

「どうぞ」

「万年筆とボールペンにペンケースも、嬉《うれ》しいです。ありがとうございます」

小林が嬉しそうに口を挟んだ。

「さあ、乾杯しようか」

四人がグラスを、枝美子は湯呑《ゆの》み茶碗《ぢゃわん》を持ちあげた。

「乾杯！」

「おめでとうございます」

「ありがとうございます」

小林、美和子、順子の三人は眼が潤んでいた。

ビールの次は常温の日本酒になった。四人ともいける口だ。

中央の枝美子は、女性のほうの話に関心を示しがちで、北野と小林は向かい合う恰好で小声で話をした。

しかし、枝美子と眼が合った時、北野が小林の背中を叩《たた》いた。

「ちょっと相談があるので、奥のテーブル席に移ろう」

二人はトイレにでも立つように、そっとテーブル席に移動して、小声で話した。

「あれからふた月ほど経ったが、特に変わったことはないのかな」

「気持ちが悪いほど、静かだよ。ウチの奴にきた手紙の行方について訊かれたこともない」

「どこにあるんだ」

「デスクの引き出しだが、捨ててもクレームはないと思うよ」

「わたしの手紙は返送してもらったが、会社宛てにしてもらえばよかった。順子に小林貢太郎さんの手紙の内容をしつこく訊かれて往生したよ」

「おまえにオープンにするチャンスと言われた時、そのつもりになったことは事実だが、やっぱり恐怖心のほうが強かった」

「率直に言って、わたしは晶子夫人がいっそう苦手になった。結果的にあなたを悩ませて、生きた心地がしないほどふるえあがらせただけのことだろう」

「それに畏友《いゆう》の宸襟《しんきん》を悩ませたしなぁ」

「怪文書を黙って捨てれば済む話だったんじゃなかったのかね。晶子さんはそうすべきだった」

「おっしゃるとおりかもしれない。まさかゲームを楽しんでいるとは思えんが、あれ以来、僕に対する態度は気のせいか優しくなったような感じがする」

「美和子さんは知ってるのか」

「まさか。知ったら発狂しかねないよ」

「考え過ぎだな。実にしっかりしている。枝美子ちゃんのDNAの二分の一は美和子さんだからな」

「気の強いところは僕だろうな。話は飛ぶが僕は会長になって社長をこの店を紹介してくれた男にしようかと思ってるんだ」

「常務の橋田とか言ったが、どんな男なんだ。〝小林商店〟の実態は変わらんと思うが、小林の独断でどうにでもできるだけに、感情論を排除できるかどうかが問われる。以前にも話したが、あなたにおべんちゃら言ってくるのばっかしと考えたほうがいい」

北野は筒井節ののっぺり顔を眼に浮かべていた。

「美味しかったよ。高級品のイクラ」

「鰹節《かつおぶし》の本節も送ろうか」

「まだ削り節が残っている。食い物の恨みは恐ろしいとはよく言ったものだな。本節をいただいてたら、イクラはなかったわけだ。つまらん話はこのくらいにして、少し握ってもらおうか」

北野は枝美子が気になって、「カウンター席に戻ろう」と小林を促した。

「もういいのかな」

「はい。たくさんいただきました」

「中学生になったばかりの枝美子ちゃんには唐突な質問だが、きみは事業家、経営者になるつもりは全くないのかなぁ」

「ありません。父を見ていると、とてもそんな気になれないのです」

「東邦食品工業は小林一代で終わりかねぇ。しかし小林貢太郎の良質なDNAは残したいなぁ」

「企業は永遠なんてことはない。百年もてば御の字だろう」

「創業者にしては欲がないなぁ。小林貢太郎は社員思いで聞こえている。〝一将功成りて万骨枯る〟だけは心配しなくてもいいでしょう」

小林と枝美子が笑顔を見合わせると、控え目な美和子も笑いの中に参加した。

第三章　トップ人事

1

小林貢太郎は平成元（一九八九）年五月下旬に渡米し、ロサンゼルスに近いオレンジカウンティにあるコバチャン（KOBACHAN）ＩＮＣ．本社工場で深井誠一と会った。

深井の表情はやけに明るい。小林は社長人事のことを言いそびれていたが、橋田に伝えてしまった手前、黙っているわけにもいかず、東邦食品工業のトップ人事に関して思うところを打ち明けた。

「深井が反対なら撤回するまでのことだが、橋田を社長にして、僕は会長になろうと思うのだが」

「オーナーがお決めになったことにわたしが反対できるわけがありません」

深井は案に相違して顔色一つ変えなかった。

「ただ、僭越《せんえつ》ながら一つだけ言わせていただきます。青木光一君を代表権を持たせた専務として、橋田君の後任にしてください。子会社の業績を短期間で二倍にした力量は大したものです。青木君にとって今の仕事は役不足ですし、小林オーナーに意見が言えるのが一人いてもよろしいとも思うのです。代表権は形式で、実態はオーナーお一人になりますが、世間体は三人のほうがよろしいと思います」

「分かった。いいだろう。深井の代理っていうわけだな」

小林は即断した。

「中国事業も青木なら軌道に乗せてくれるかもしれん。社長は橋田でいいと本当に思うのか」

深井はどっちつかずに頷《うなず》いた。

小林は、橋田なら俺の言いなりで、毒にも薬にもならない、だからそうしたまでだ、という自分の胸のうちを見透かされているような気がした。

「深井が帰国したら、橋田を副会長にして、深井に社長になってもらう手もある。西海岸と東海岸をトータルで軌道に乗せるにはいくら深井でも四、五年はかかるだろう」

小林が取り入る口調になるのは、初めに深井の意見を聞かなかったことへの負い目があったからだが、創業社長の権威を示しておきたいとの思いが勝っていたのも確かであった。

「高校時代の友人がJETRO《ジェトロ》(日本貿易振興会《にほんぼうえきしんこうかい》。現在は日本貿易振興機構《にほんぼうえきしんこうきこう》)のデュッセルドルフの所長をしていたことがあります。商社マン三人と飲んで帰りのタクシーの中でも和気藹々《あいあい》としていたそうですが、三人のうち一人が降車した途端に、残った二人から先に降りた同僚への聞くに堪えない罵詈《ばり》雑言を聞かされた時は、商社マンの本性、本質を見たような気がして酔いが覚めたと話していました」

「どこの商社なのかね」

「五井物産です」

「商社マンのずる賢さは承知しているが、その点、橋田は安心できる。明るい性格で、人を貶《おとし》めてやろう、足を引っ張ってやろうなんて考えはまったくない。押し出しも悪くないじゃないか」

「おっしゃるとおりです。人の手柄を横取りするような人ではありませんね」

言いながら、深井は果たしてそうだろうかと考えていた。なんせ五井物産出身なのだ。

「遠回しにトップ人事に反対しているようにも聞こえるが」

「とんでもない。橋田君を社長に抜擢《ばってき》することによるモチベーションアップも期待できます。商社マンらしからぬところを大いに買いたいと思います」

深井は小林が青木の復権を認めてくれたことが嬉《うれ》しくてならなかったのだ。

「ところで深井がアメリカに来てからまだ三月ほどだが、コバチャンINC.の行く末はどうなのかね」

「撤退はあり得ません。日本人と、メキシカンを含めたアメリカ人従業員との一体感も出てきました。カップ麵《めん》事業を必ず軌道に乗せてご覧にいれます」

「深井というカードを切った甲斐《かい》があったっていうことになるな」

「バージニア工場の着工も見通しがついてきました」

「東海岸との時差は三時間。両方見るのはきつくないか」

「わたしはまだ五十代です。体力には自信があります」

「アメリカではユニオン対策が大変だと聞いているが。一般論としての話だが、ユニオンに取り込まれたら、経営もままならなくなる。今から手を打っておいてもらうといいな」

「東邦食品工業には大昔、川崎《かわさき》工場に女子従業員だけの組合が存在した事実がありますが、自然消滅し、今現在はゼロです。全額出資のわれわれ親会社がそうなのですから、ユニオンに席捲《せっけん》されるわけには参りません。そのためには不公平感を払拭《ふっしょく》し、人種を問わず従業員にチャンスを与えることが大切だと思います」

「たとえば、どういうことだ」

二人は狭い社長室兼会議室で、作業着姿で話していた。日本人の姿が異常に少ないことが小林は気になっていた。

「待遇でしょう。賃金だけではなく、肩書きを含めての話ですが。かれらに誇りを持たせることが肝要です」

「イタリア系アメリカ人をトップにしたのは失敗だったが」

「その人はおっしゃるとおりです。しかし、わたしは青木君も初期の段階で頑張ってくれた一人だと評価しています」

小林は眉《まゆ》をひそめたが、すぐ笑顔になった。

「深井は優しいねぇ」

「社長の背中を見ていますので。わたしが昔あるプロジェクトを提案した時『いくら損するんだ』とおっしゃいましたが、すぐに『授業料と思ってオーケーする』と言われ、ホッとしたことを思い出しました。結果的に黒字になりましたが」

「なんのプロジェクトだったかねえ。深井の提案なら大丈夫だと思っていた。あれは冗談だよ。この工場に本社からの出向者は何人いるのかね」

「十四人ですが、もっと減らしたいと考えています。自分で言うのもなんですが、わたしは名うてのコストカッターでもあります」

「コバチャンINC.と、東海岸のバージニアはコバチャン・バージニアINC.に分けたほうがよくないか」

「将来的にはそうなるかと思います。それとメキシコ人がカップ麺をスープ代わりに好んで飲んでいます。メキシコのマーケットを今から睨《にら》んでおく必要があると思っているのですが」

「なるほど。深井に任せるよ。いくら損するんだなんて言わんから安心してやってくれ」

2

十月上旬にバージニア工場建設で多忙な深井から東京の小林にファクスが届いた。

要旨はトリプトファン（必須《ひっす》アミノ酸の一種）を原料とするサプリメントの服用によって健康を害する事件がアメリカで社会問題化し、FDA（米国食品医薬品局）によって回収の準備が進められているというものだった。

トリプトファンは昭栄化学が製造、販売していた。アメリカが最大の市場だが、利益がどうだったかは分からない。現場は合理化を迫られていたとする説もある。

本業とは関係なかったが、深井は、小林にとって北野が無二の親友であると認識していたので、知り得た情報を伝えたまでだ。

小林はすぐに北野に電話をかけた。

「トリプトファンに関するアメリカの情報を入手したが、要注意だな。昭栄化学は痛い目に遭うと思うぞ」

「わたしはど素人だが、重大問題であることだけは分かります。いま、二時だが、四時にあなたを訪ねてよろしいか」

「会議があるが、抜け出せる。待ってるよ」

北野は午後四時に押っ取り刀で駆けつけてきた。

会長専用の応接室で、北野が待たされたのはわずか一分足らずだった。

「えらいことになったな。まず、このファクスを読んでくれ」

「ありがとう」

北野は走り読みしながら、胸がドキドキした。

「技術者が功名心に駆られて、安全検証のプロセスなり装置をいじり回して、少しでもコストを下げようとしているとは聞き及んでいます」

「ボタンの掛け違いにもほどがあるな。食品の安全性とはどういうことなのか、まったく分かっていないとしか言いようがない。昭和四十九年頃だったか、うちはＡＦ２問題で会社が潰《つぶ》れるかどうかの瀬戸際に立たされたことがあるんだ」

ＡＦ２とは〝フリルフラマイド〟の商品名で、昭和四十（一九六五）年七月、厚生省《こうせいしょう》は食品衛生調査会《しょくひんえいせいちょうさかい》が安全性の根拠とした大阪大学医学部Ｍ教授のラットによる実験データにもとづいて、ＡＦ２を合成殺菌保存料として許可した。その結果、魚肉ハム・ソーセージ、食肉ハム・ソーセージ、ベーコン、豆腐、魚肉ねり物などに使用されるようになった。

ところが、四十八年三月、国立遺伝学研究所《こくりついでんがくけんきゅうじょ》のＴ形質遺伝部部長が厚生省に〝ＡＦ２には突然変異作用がある〟との報告書を提出したことが発端で、消費者運動に火がつき、ヒステリックな社会現象へと発展してゆく。

ハム・ソーセージは当時、東邦食品工業の主力製品だっただけにダメージは大きかった。

小林は、取締役研究部長だった深井に判断を迫った。

「ＡＦ２を殺菌保存料として使用しているのは日本だけです。アメリカでしたら疑わしきは禁止するデラニー条項が適用される可能性があります」

「消費者運動の高まりと新聞のネガティブキャンペーンで動揺している厚生省が、冷静な判断を下せるとは思えない。原料一キログラムに対して、わずか〇・〇二グラム

大臣の認可を得て設立された。
の使用量に過ぎないが、ヒステリーとムードに敗れ去らねばならんのか」
昭和五十一年十一月、小林貢太郎が私財を投じた財団法人東邦食品研究会《とうほうしょくひんけんきゅうかい》が文部大臣の認可を得て設立された。

食品の安全等に関する科学的根拠を自ら求めて食品メーカーの良心に従った製品を作り、食品界の発展に微力を尽くしたい――そのためには民間の研究体制を確立する必要があるという小林の願いが込められていた。

食の安全性を求めて、小林なり東邦食品工業なりが投じた資金は、AF2以降巨額なものになった。

小林の話を聞いて、北野は「参ったなぁ」と何度も繰り返した。

「僕も工学部で応用化学を学んだが、技術者たちが食の安全性を二の次に、効率優先に工程を短縮したがるのも分からなくはない。しかし、食の安全性に関する限り、かれらは素人集団なんだ。トリプトファンは祟《たた》るぞ。ウチはアメリカで裁判も経験しているが、膨大な費用を要する。トップの経営責任は免れないと思うが……」

「わたしがあなたと親しいことは、昭栄化学では誰もが知っている。来年四月の決算役員会で専務を退任しますが、子会社の社長にしてもらえそうだ。しかし、この際言いたいことを言わせてもらおうかと思ってるんです」

「社長の田村昭一《たむらしょういち》は顔ぐらい知ってるが、責任を取らせるにはどうしたらいいのかねぇ。あれも東大工学部だったなぁ。〝昭栄疑獄〟がそうだったように、なんせ臭いものには蓋《ふた》をするのが得意な企業だからなぁ。オーナーでもある佐藤治雄氏がどう出るかも見物だな。〝大喪の礼〟の日の夜、北野は教養人だとか褒めていたが、代表取締役会長の立場で、子会社に自分の描いた絵を売り付けているなんていう人が、トリプトファン問題をきちっと冷静に処理できるのかどうか心もとない。今は名誉会長だが、オーナー的立場は変わらんのだろう」

「佐藤治雄氏の絵画は事実プロ級なんだし、売り付けているというのはちょっと認識が違うと思う。子会社のほうが買わせてくださいって佐藤治雄氏に依頼している節もあるんです。一種のゴマ擂《す》りかなぁ。ただそれほど凄《すご》い絵を描く人ではある」

「僕は、昭栄化学で五年ほど鍛えてもらった恩義がある。だから敢《あ》えて言うんだが、徹底的に検証して、将来の糧にすることを願ってやまない。うやむやにしないことを祈るのみだ」

北野は何度吐息を洩《も》らしたことか。

北野が尊敬して止まない西本康之は大分石油化学コンビナートの建設に死力を尽くしたが、田村によって巧妙に棚上げされ、代表取締役会長の権限が縮小された感があった。

3

ノックの音が聞こえた。秘書の森井緑だった。コーヒーを運んできたのだ。

北野は時計を見た。午後五時に近かった。

「ついつい長居をしてしまった。そろそろ退散します」

小林も時計を見たが、「あと三十分いいぞ。どうでもいい会議は中止にしたんだ」

と言って、北野に笑いかけた。

「創業社長は会議に限らず自由自在なんですか。けっこうなことです」

「会議の多い会社はそれだけロスが多いっていうことにならないか」

「会議によりけりでしょう。しかし、さすがは小林だ。よくぞ電話してくれました。感謝します」

「深井の厚意を無にするわけにもいかんだろう」

「深井さんにくれぐれもよろしくお伝えください」

森井が一揖《いちゆう》して退出するのを小林は眼で会釈し、北野は「ありがとうございます」

と言って、コーヒーカップを口へ運んだ。

「子会社へ転出の話は本当なのか」

「財務担当も楽じゃない。わたしが望んだんです」

「まだバブル経済の時代だが、なにかやらかしたわけじゃないんだろう」

「まさか。無い袖《そで》は振れないもあったのかなぁ。昭栄化学にそんな余裕はないですよ」

「ウチはバブルにまみれた事実はまったくない。僕が厳重に注意したからな。財テクなんていう言葉を流行《はや》らせた『東経産』の罪は重いし、財テクをやらない経営者は化石人間だなどと煽《あお》りに煽った経済評論家はいずれ後悔するだろう。五井物産のある人が言っていたけど、IJPC（イラン・ジャパン石油化学）にかまけて膨大なロスを出したお陰で、ニューヨークやロサンゼルスで高価な不動産を買わずに済んだが、物産の化学品部門は馬鹿ばっかりだと。負の連鎖で、化学品部門出が三代も続いて社長になったのも、おかしなことだよなぁ」

北野がコーヒーカップをソーサーに戻した。

「話は飛ぶが、週休二日制はどうなりましたか」

「おうっ。その質問を待ってたんだ。半ドンも残すが、隔週で週休二日に決めて、九月から実施している」

小林は相好を崩した。

「それは朗報です。小林としてはトリプトファンより、こっちの話がしたかったわけですな」

「両方とも話したかったさ。ウチの社員は実によく働くから、少しは休ませないとなぁ。遅きに失したと思ってるくらいだ」

「あの時は厭《いや》な顔をされたが、話してよかったわけですね」

「北野に感謝してるよ。持つべきものは友達だな。二月二十七日に担当常務を呼んで、検討委員会を立ち上げるよう指示したんだ」

「小林の行動力は聞きしに勝るなぁ。せっかちは三倍働くわけですか」

「トリプトファンで昭栄化学がどう出るか刮目《かつもく》して待つとしよう」

小林が中腰になった。


FDAがアメリカ国内でのトリプトファン回収命令を発したのは十一月十七日のことだ。

昭栄化学にとって最悪の結果だった。

トリプトファンを原料とするサプリメントには催眠効果もある。大量に服用した者もあり、最終的には三十八人の死者を出し、裁判が終結するまでの訴訟費用に約二千五百億円も要した。

しかし小林が危惧《きぐ》したとおり、経営責任は問われず、うやむやにされた。

北野は佐藤治雄に進言するなど精一杯動いたが、企業防衛上、隠蔽《いんぺい》主義に徹する方針を選択することとなった。佐藤治雄が、田村の経営責任を認め、なぜ不幸な結果を招いたか検証していれば、名経営者としての評価は不動のものになっていたに相違なかった。

4

深井が強力なリーダーシップを発揮し、製販一体となった自助努力の結果、コバチャンＩＮＣ．は、約四年で経営が軌道に乗り、黒字体質へ大きく変貌《へんぼう》を遂げた。メキシコ市場をほぼ席捲《せっけん》したのも深井のパワーによる。

深井は平成五（一九九三）年三月下旬に帰国した。

帰国早々、深井は本社ビル六階の会長執務室で、出し抜けに小林に言われた。

「深井に代表取締役会長になってもらうからな。四月の決算役員会で公表したい」

「唐突過ぎませんか。オーナーの肩書きは……」

「相談役でいいじゃないか。取締役も付けるがね」

深井は渋面で、ネクタイのゆるみを直した。むろん二人とも作業着だった。

「立ってないで座ってくれ」

深井は一揖して、デスクの前の椅子に腰をおろした。

「わたしは命令とあらば従わざるを得ませんが、なぜ六十四歳で相談役に退かれるのでしょうか。せめて区切りのいい六十五歳であるべきでしょう。いや七十歳までお願いできませんか」

「数えで六十五だ。もう決めたことだし、さる人に話しちゃったことでもあるからな。そうしなければ気持ちが揺れる。分かるだろう」

「申し訳ありませんが、理解しかねます」

「そんな深刻に考えるな。青木とぶつかったことがなぁ……」

青木光一は代表取締役専務だが、三月中旬の常務会で、小林貢太郎と激突したのだ。

「ここでテレビCMを打たなければ、せっかくの新製品の全国展開がままならなくなります。こんどの麵《めん》はひと味もふた味も違うんです」

「な、なにを言うか。だったら黙ってても売れるだろう」

「わずか九百万円です。ご了承のほどよろしくお願いします」

青木は起立して、低頭した。

「コバチャンＩＮＣ．の深井を少しは見習ったらどうなんだ」

青木は腰をおろして言った。

「日本とアメリカの文化の違いもあります。深井さんは別格です」

小林は、生意気言うなという顔を橋田晃社長に向けた。

「わたしからもぜひお願いしたいと存じます。スポットのテレビCMを打たなければ、東京周辺だけの話題で終わってしまう可能性も否定できません」

「そのとおりです」

全員作業着姿は当然だが、大会議室の円卓でふんぞり返っている青木の態度は許せんと小林の眼に映った。

「橋田も分かってない口か」

分かってないのは小林だけだ、と思いながらも青木以外はみんな下を向いている。

「会長の広告嫌いもほどほどにしてください。社員の士気にもかかわります」

「もう少し考えさせてくれ」

小林は経過を説明したあとで、深井に優しい眼を遣《や》った。深井は強い眼で見返した。

「束になってもオーナーには敵《かな》いませんか」

「そんな皮肉を言うなって。深井頼む。会長を受けてくれんか」

「橋田社長はどうなるのでしょうか」

「辞めてもらう。それ相応の場所を用意したが、自分で探すからご心配なくと言ってきたよ。毒にも薬にもならなかったが、まあプライドはあるからな。退職金の上積みぐらいあってもいいと思う」

帰国直前、青木からロスに国際電話がかかってきたことを思い出したが、忙しくしている最中だったので、深井は社内事情が呑《の》み込めなかった。

『僕はクビになるかもしれない』という意味のことを聞いたような気もする。もっと優しく対応しなければいけなかった——。

「青木は橋田みたいに飛び出すようなことはないから心配しないでもらいたい」

「橋田君の次は青木君しかいないとわたしは思っていました」

「僕もそう思っていた。いっとう良い選択肢だったんだけどなぁ」

青木が新製品のPR、CM問題で、もう少し下手《したて》に出て、うまく立ち回る術《すべ》はなかったのだろうか。たとえば、小林が唯一、一目置いている人がいた。五井物産の副社長で終わったが、もともと社長の有力候補だったほどだ。その人物の顔も名前も分かっていたが、深井は小さく首を振った。外圧めいたことが小林にバレたらどうなるか。負の相乗効果は途轍《とてつ》もないことになるかもしれない。

「決めたことだ。な、な、なっ。社長は誰がいいか深井の意見を聞かせてくれ」

深井はもう一度だけ抵抗しようと肚《はら》をくくった。

「小林会長—深井副会長—青木社長のラインは考えられませんか」

「それはない。相談役だってなんだってオーナーはオーナーだ」

「わたしはまだ釈然としておりません」

小林が上体をデスクに寄せた。

「深井だから話せるんだが、ウチのやつや美和子たちと過ごす時間を少しだけもらえんかねぇ」

「ひと言多いとは思いますが、北野さんには相談されたのですか」

「もちろん、あいつには話したよ。北野は美和子、枝美子となるとやけに熱心になってくれるからな」

揺れ動く気持ちに歯止めをかけたのが、北野であることは分かった。

「なるほど。わたしの立場でも反対しにくくなります」

『公私の峻別《しゅんべつ》について、お考えください』と言いたいのを抑えるのは、相当きつい。

深井は歯を食いしばって懸命に堪《こら》えた。

「コバチャンINC.立ち上げ時代に、コンビを組みましたから分かりますが、筒井君でしょうか。コバチャンINC.の初期に苦労した一人です」

「深井は二度目だったんだな。ただどうなんだ。筒井の上昇志向は相当なもんだ。負けん気も強いほうだろう。しかし〝愚図助〟だぞ。判断が遅いし、僕と深井の間を行ったり来たり、ウロウロするんだろうな」

「オーナーとわたしが鍛えるしかないと思いますが」

「深井がそこまで言うんなら分かったと言うしかないか。会長、社長がやっと決まったな」

「恐れ入ります」

深井は起立して、最敬礼した。

5

筒井社長を疑問視する者は少なからず存在したが、口に出すのは憚《はばか》られて当然だ。筒井が小林の忠実な僕《しもべ》であることは誰の眼にも明らかだった。

特に小林晶子夫人はのっぺり顔の筒井が大のお気に入りで、小林の出張中などに田園調布の邸宅で筒井を手料理でもてなすこともあったという。筒井が晶子の気持ちを捉《とら》えて離さないほどの気の遣いようだったことは想像に難くない。

北野は、東邦食品工業のトップ人事を新聞記事で知った時、「小林ほどの男がなぁ。信じられない。あいつの眼が節穴だったとは。小林の遺伝子は受け継がれてゆくかどうか心配でならんよ」と言って妻の順子に嘆いたものだ。

「あなたにイクラの包みを投げつけた人が、東邦食品工業の社長ですか。小林さんの恐妻家ぶりが裏目に出ましたね」

「小林と深井会長が元気なうちは安泰だが、筒井が東邦食品工業の社長に相応《ふさわ》しからぬ人物であることは、誰の眼にも明らかだ」

「小林さんはあなたに相談しなかったんですか」

「それは筋違いだ。仮にあっても他社の人事に介入できるわけがない。人事権者は小林なんだ」

「昭栄化学もひとさまのことをとやかく言えた義理ではありませんものね」

順子がトリプトファンで経営責任を追及しなかった佐藤治雄をあてこすっていることとは見え見えだった。

「小林は六十四歳だ。まだまだ元気溌剌《はつらつ》で、相談役とは名ばかりのトップであることには変わりない。余計な心配かもしれんぞ。そのうち筒井節が馬脚を露《あらわ》すかもしれんし、小林の気持ちが変わるかもしれない。深井会長の存在もカウントしていいだろう」

北野はわが胸に言い聞かせるように独り頷《うなず》いた。

この日は土曜日だった。北野は品川のプリンスホテルの九番コートで、日本産業銀行頭取の黒川洋たちとテニスをする約束だった。

午後三時に招かれていた。黒川とはテニス仲間で、何度か手合わせしていた。

北野がテニスを再開したのは五十歳になってからだ。旧制東京高校時代に軟式テニス部で三年間頑張った。軟式の場合、ラケット面は一面しか使わない。硬式では両面を使うので、最初のうちバックハンドの打ち方に戸惑うこともあったが、昔取った杵柄《きねづか》である。大船のテニスクラブに入会して、いつしか上級者グループに仲間入りした。こうなると楽しくてならない。

順子は、北野が再開する一年前に、同じクラブに入会し、インストラクターのレッスンを受け、「筋がいい」とおだてられて、本腰を入れてテニスに取り組み始めた。

「ゴルフは一日がかりだけど、テニスなら半日足らずで、運動量も多いわ」

順子と大船にあるコートで一緒にプレーできるまでになったが、二人の実力差は誰の眼にも分かる。

黒川は身長一九〇センチの偉丈夫《いじょうふ》である。でかいのでダブルスで前に立たれると威圧感があるし、グラウンドストロークでは速いボールを打ってくる。レベル的には俺のほうが上だと思っていたが、北野は押され気味だった。

この日は全国紙の経済部長と編集委員が参加し、黒川の秘書を含めて六人でペアを交代しながらテニスに興じることができた。

シャワーで汗を流し、夕食のため、徒歩で高輪《たかなわ》プリンスホテルに移動した。

中華料理の食事が終わりかけた時、唐突に黒川が北野に語りかけた。

「佐藤治雄さんは財界に友達がいませんねぇ。いるとしたら絵画の個展仲間ぐらいじゃないですか。日本産業銀行のOBにも号五万円で売り付けているのが一人だけいるが、佐藤さんは量産するほうだから、ロットが違うとか聞いたことがありますよ」

北野はむかっとして、残りの紹興酒を呷《あお》った。

「黒川頭取らしからぬ下品な話ですねぇ。事実関係も大分違うと思います。わたしは今後、黒川さんとのテニスはお断りします」

一瞬座がシーンとなった。

「本日はありがとうございました。お先に失礼します」

北野は個室から出て、深呼吸をしながら、JR品川駅へ向けてゆっくりと歩いていた時、背後から肩を叩《たた》かれた。北野が足を止め、ふり返ると黒川がぬっと立っていた。しかも笑顔である。

「北野さん、言いたいことが言える仲って悪くないと思いますよ。これからもテニスをやりましょう」

「どうも……。わたしはどうかしていました。黒川頭取に対して失礼な態度を取ったことをお詫《わ》びします」

「機嫌を直してくれましたか」

「わたしの親友の娘が女子学院の高校二年生です。黒川院長は女子学院の歴史に残る名院長だったとお聞きしています」

「ありがとう。母は僕の一番の自慢です」

「次回はわたしのほうで幹事をやらせていただきます」

「楽しみにしてますよ。佐藤治雄さんをからかったことについては反省しています」

二人は握手して別れた。

北野は、小林が佐藤治雄を貶《おとし》めた時はさして気にならなかったのに、黒川に言われて無性に腹が立ったのはどうしてなのか、われながら心理状態が分からず、もてあましていた。

しかし、黒川洋の人柄の良さは評価できる。

母親譲りなのだろう。佐藤治雄に黒川の爪の垢《あか》でも煎《せん》じて飲んでもらいたいと思うほど先刻とは真逆の自分の気持ちがおかしくて、含み笑いを洩《も》らしていた。

北野は横須賀線のグリーン車の中で、会食時にジャーナリストが同席していたことを思い出し、かれらが吹聴《ふいちょう》する可能性について考えた。

佐藤治雄の評判が低下するかもしれないが、佐藤を庇《かば》った自分は間違っていないと思うしかなかった。昭栄化学工業の社内でも、佐藤の絵画問題については見方が分かれていた。旧五井《ごい》銀行《ぎんこう》の元頭取で会長の大山三郎《おおやまさぶろう》は佐藤治雄に優るとも劣らない絵画の名手として知られているし、佐藤とは個展仲間でもあるが、旧五井グループの関係会社の会議室に「飾らせてもらえるとありがたい」と頼み込んでいた。むろん額縁を含めて大山の持ち出しだが、画料を要求した事実はない。

昭栄化学の若い層に佐藤に対する批判が強いのは、大山三郎との比較もあるた相違なかった。

6

小林貢太郎は、十一月六日夜、北野に電話をかけてきた。この日は土曜日だった。

「食事中か」

「もう終わった。なにごと」

「二十日から三日間、僕たちにつきあわないか。もちろん奥さんも一緒だ」

「やぶから棒に。なんのことか説明してくれませんか」

「ウチのやつがテニス仲間と二週間の海外旅行に行くんだけど、その間に美和子と枝美子の三人で長崎のハウステンボスへ行こうと計画してるんだが、北野たちが一緒のほうが楽しいって枝美子が言い出してなぁ。日程はどうなってるんだ」

「テニスをやるぐらいだ。それも決まってるわけではないので、おつきあいしますか。小林にご馳走《ちそう》になってるほうが多いから、僕が持ちますよ」

「そうはいかん。オーケーでいいんだな」

「枝美子ちゃんのご要望に応じるとしよう。高二でちょうど良かったなぁ」

「勉強もしてるようだが、たまには息抜きせんとなぁ。北野に相談したいこともあるらしい。スケジュールは枝美子に任せてるから、決まり次第ファクスさせるようにする」

「分かりました」

時刻は午後八時二十分。北野家の夕食はまだ終わっていなかった。

珍しく、長男の康博が一人で顔を出していたのだ。

「どなたから」

「小林がおまえと僕を旅行に誘いたいそうだ。長崎のハウステンボスとか言ってたよ。枝美子ちゃんの発案らしい」

「まあ。晶子さんは大丈夫なのかしら」

「鬼の居ぬ間の洗濯っていうわけだ。テニス仲間と海外旅行としか聞いてないが、二週間となるとヨーロッパかねぇ」

「晶子さんにもそういうお友達がいらしてよろしかったこと」

「長旅となると必ず自我が出て、口も利かなくなるほど仲違《なかたが》いするのが出てくる。神ならぬ人間の愚かさだが、晶子さんは一歩も引かない人だから、心配ではあるな」

「一歩引くどころか、気の強い人だから、鼻つまみものになるんじゃないですか」

「親父もおふくろも、他人のことでつまらない心配をし過ぎるんじゃないですか。僕に言わせれば大きなお世話ですよ」

康博に口を挟まれて、北野も順子もむすっとした。

「おまえ、誰の話か分かっているのか」

「電話でも枝美子さんとか話してませんでしたか。小林貢太郎さん絡みの話とは思いますが、晶子さんという方に対して感情的になるのはいかがなものでしょうか」

康博は白ワインをがぶっと飲んで、話を続けた。

「せっかくのお誘いなんですから楽しむほうにウェートをかけてください」

「ところで、康博は何しに来たんだ」

「裕子さんと由香ちゃんは、逗子《ずし》の実家に泊まるんですって」

「従って僕はここへ泊めてもらいます。美味《おい》しそうなブルゴーニュの赤ワインもゆっくり飲ませてもらいます。親父の意見を聞いておきたいこともあるんです」

「わたしが聞いててもよろしいの」

「もちろん、かまいません」

康博の話はこんなふうだった。

前日の昼食時間に同期の石野宏《いしのひろし》と応接室で話した。石野が会いたいと言ってきたからだ。

「俺が日本産業銀行のお荷物になっているのを聞いているんだろう」

康博は当惑した顔で小首を傾げた。

「『あいつはただの事務員だ』って、同期の奴みんなが言ってるらしい。女子行員から聞いたんだ」

「言いたい奴には言わせておけばいいよ。きみ自身はどう思ってるんだ」

「何の役にも立ってないと思わざるを得ない。親父が村西《むらにし》常務に頼み込んで、産銀に採ってもらったことを知らない奴は産銀の中に一人もいないんじゃないかなぁ」

「そんなことはないだろう」

石野は海外勤務も含めて、使い物にならず〝電話当番〟のニックネームを付けられていた。

父親は大物代議士である。石野は入行後ほどなくホテルオークラの平安の間で約一千名を招待して結婚披露宴を催した。招待客の九十五パーセント以上は花婿側で、花嫁側は五パーセントに満たなかった。サラリーマンの娘なのだから当然とも言える。

「派手な結婚披露宴だったから、やっかむ手合いはいるだろうな」

「同期で話の分かるのは、北野しかいないので、相談に乗ってもらおうと思ったんだ」

「それは光栄なことだ」

「月給ドロボーなんて言われてるのも分かってる。産銀を辞めるしかないと思うんだ」

「わたしは反対だ。人を育てて、出すのが産銀のメリットでもある。副参事クラスまでは、給与に差をつけないのも産銀ならではだろう。ポストが何回代わったかしらないが、きみの上司がきみの能力を引き出せなかったっていうだけのことだろう。もう少し頑張ったらいいと思うけどなぁ」

「あと二、三年で副参事役だと思うけど、その前に辞めるのが、せめてもの俺の意地だと思うが」

「意地を張るとか張らないの問題はこの際、関係ないと思うよ。きみの親父さんは超大物政治家だ。妙な言いかたになるが、それだけで産銀は元を取っているという考え方はできないか」

「北野は優しいなぁ。どうせ親父の七光が邪魔だと思っているほうが多いに決まってるよ」

「せめて副参事役まで、ねばる。頑張る。それでいいんじゃないのか。というより堂々としてたらいいんだ。石野は産銀で有名人だから、それで損をしている可能性のほうが高いと思うよ。上司に限らず周囲がきみに遠慮しているのかもしれない。そう割り切って周囲を睥睨《へいげい》していればいいんだよ。人事からなにか言われたわけでもないんだろう」

「それはない」

「親父さんに話したのか」

石野はもじもじしてから、両手で顔を洗う仕種《しぐさ》をした。

「直接話したことはないんだ。ただ俺は残業がないので、帰宅時間が早いだろう。ワイフからお母さんに伝わり、お父さんの耳に入ったと思う」

お母さん、お父さんという言い方に石野の幼さが出ていた。父か母、親父かおふくろだろうと思い、康博はつい「くすっ」とやってしまったが、石野は気づいていなかった。

「お父さんは、産銀の野郎、ふざけやがってって吠《ほ》えたらしい。ただちに辞めさせるとも言ったんじゃないかなぁ」

「辞めてどうするんだ」

「政治家にしてやるって言ってる」

「ふうーん」

康博はさすがに唸《うな》り声を発した。産銀の落ちこぼれでも親父の七光で政治家になれるとは。なんとも言いようがなかった。しかし、慰留するのが同期の誼《よし》みではないか、と考え直し、声を励ました。

「わたしは今辞めることには反対だ。繰り返すが副参事役いや参事役になるまで、ふんぞり返っていればいいよ。代議士大先生にも、そう言ったらいいな」

産銀では、副参事役は課長クラス、参事役は次長クラスである。

康博の話を聞き終えた北野が呆《あき》れ果てたように顔をしかめた。

「政治家にするほうが国益に反するな。産銀で最後まで面倒みてもらったほうがお国のためだ。おまえが大物政治家の馬鹿息子を慰留したのは間違ってない。産銀の中は競争原理が働いてないから、居直ったらいいんだ。芙蓉銀行《ふようぎんこう》だったら、そんなのを採用するとは考えにくい」

「康博もそんなつまらない話をしに、わざわざ来るなんて、気が知れないわ」

「裕子のところはちやほやされ過ぎて、気づまりなんです。大っぴらに旨《うま》いワインを飲ませてもらえることでもあるしね。石野の話はついでにしたまでです」

「それにしても政治家の質が下がる一方なのは気になるなぁ」

北野は吐息まじりに言って、伸びをした。

7

長崎のハウステンボスで、五人はヨーロッパ旅行の雰囲気を味わった。

「こんなにくつろいだのは生まれて初めてのような気がするよ」としみじみとした口調で小林が言うのも、北野には分かるような気がした。

「小林は働き詰めに働いてきた。一将功なりて万骨枯るとは正反対で、勇将の下に弱卒なしだから、東邦食品工業は強いんだろうね」

ディナー・クルーズで食事を摂《と》りながら、話は自然と男同士、女同士になりがちだった。

テーブルの真ん中に枝美子が座り、左右に小林と美和子、向かい側の左右は順子と北野だ。そう決めたのは順子である。

「順子さんはいつもながら気持ちがいいほどてきぱきしてますねぇ」

「カカア天下って言いたいのか」

「そうじゃない。北野が羨《うらや》ましいよ」

「小林だって美和子さんと枝美子さんに恵まれて、幸せな男だよな」

「それもこれも北野のお陰だよ」

「北野さまご夫妻には、いくら感謝してもし切れないほどお世話になっています」

枝美子も母親と一緒に盛大に頭を下げた。

枝美子がこの世に生まれてきたのは、明らかに北野と順子が堕胎を選択しようとしていた小林を説得したからだ。そのために北野は美和子の両親をも味方につけて頑張った。

むろん枝美子はそこまで知る由もなかった。

「枝美子ちゃん、小父《おじ》さんに相談したいことがあるんじゃなかったの」

「はい。父も母も反対なので、北野の小父さまに賛成していただきたいからです」

「ほう。両親の反対に反対は厳しいねぇ」

「防衛医大に進学したいなんて言い出したんだ。女の子が行く大学とは思えんし、嫁の貰《もら》い手もなくなってしまう。孫にお目にかかれないことも考えられる」

北野は、枝美子に向かって、大きく頷《うなず》いて見せた。

「ここは小父さんの出番だな。防衛医大は悪くない。それどころか小父さんは大賛成だ。難関だが、自信はあるの」

「はい。体力的にはテニスで鍛えましたので、軟弱な男子より自信があります。父には話していませんが、防衛医大で剣道をやりたいと思っています」

「剣道ねぇ。それこそ切り札になるんじゃないかな。お父さんは六段の錬士だ」

北野は枝美子から小林に視線を移して話を続けた。

「確か学費は只《タダ》だし、お小遣いまでもらえるんじゃなかったかな。女子学院合格の時のお父さんの喜びようも凄《すご》かったが、防衛医大はもっと自慢できる。まもなく十七歳のお嬢さんを前にして、結婚できないなんて考えるほうがどうかしてるな。きみ、本当に反対なのか」

「まあねぇ。美和子のほうが……」

「防衛医大は全寮制ですので、大学の六年間、ほとんど一緒に暮らせないことが辛《つろ》うございます」

「美和子さん、六年なんてあっという間だし、年に何度も会えるんじゃないですか。防衛医大を志願する枝美子ちゃんを誇りに思わなくちゃあいけません」

「これで決まりましたね。北野の小父さまの理解が得られなくても、防衛医大志望を変えるつもりはありません」

「女子学院で枝美子ちゃんが上位グループにいることは分かった。大したものだ。防衛医大の決め手は剣道だったんだねぇ。お父さんの血筋だな」

小林は照れ臭そうに手酌で日本酒を飲んでいた。

「小母《おば》さんも枝美子ちゃんの選択に大賛成です。お父さん似で体格も立派ですし、文武両道はお父さんとそっくりじゃないですか」

順子が美和子に眼を遣《や》った。

「テニスをなさったらいかが。大船のコートは遠いですけれど、気晴らしになりますよ」

美和子は首を左右に振った。

「ウチのやつがテニスをやってるからねぇ。遠慮だか、意地を張ってるのか知らんが」

小林の注釈は分かりやすかった。

「余計なことを申しました。ご免なさい」

「とんでもないことです。ゴルフを考えたことはありますが……」

「それはいい」

小林が大声を放った。

8

平成七（一九九五）年三月上旬某日の午後二時頃、小林枝美子から北野久に電話がかかってきた。

相談したいことがあるので、二、三十分時間をいただけないかという内容だった。

「じゃあ、四時半に来てくれる」

「ありがとうございます」

「一階の受付で分かるようにしておきます」

枝美子は新調のスーツ姿でやってきた。

役員応接室で、北野は枝美子と向かい合った。

「相談ってなにかな」

「母がどうしても慈恵《じけい》医大に進学しなさいと言ってきかないのです」

「防衛医大と慈恵に合格したことは電話で聞いたし、一昨年《おととし》の秋に小父さんがお母さんを説得して納得してくれたんじゃなかったのかな」

「納得していません。父までが慈恵を勧める始末です。父はずるいと思います。母を独りにするのは気の毒だと思っているようですが、それなら、たまには中目黒に泊まるようにすべきなんです」

「お父さん、中目黒には泊まらないの」

「一年に一回あるかないかです」

「せめて月一回ぐらいは泊まるようにするといいねぇ。ただ、お父さんは田園調布の人に相当気がねしているからねぇ。枝美子ちゃんの意志は変わってないのかな」

「もちろんです」

「だったら問題ない」

「でも、母に泣かれて困っています」

「少し寂しいだけのことで、慣れてくればどうっていうことはない。全寮制でも土日はなるべく中目黒に帰ってあげるようにしたらいいと思う。子離れできない親はどこにでもいっぱいいる。悩むほどの問題とは思わない。ただし、お母さんに優しくしてあげなさいと小父さんからもお願いしておきたい」

「いつも母と二人きりでしたので、団体生活、共同生活に魅力がありました。小父さまはこの先もずっと母と一緒に暮らせとでもおっしゃりたいのですか」

「そんなことは言ってない。いつまでも母と娘がべたべたしているのはどうかと思うほうだ」

「わたしの意志が変わらないことを父に話していただけませんでしょうか。ここのところ父は家に寄りつかないんです」

「仕事が忙しいからで、きみの進学の問題とは関係ないと思うよ」

「わがままかもしれませんが、自分自身の希望を優先させたいのです」

「すべて国で面倒を見てくれるんだね。そのうえお小遣いまでもらえるんだったっけ」

「はい。月十万円もいただけるそうです」

「お国のために大いに頑張ってください」

北野は直ちに小林に電話をかけた。

「小林は最近、中目黒に寄りつかないそうだねぇ」

「誰から聞いたんだ」

「枝美子ちゃんに決まってるだろう。しかも防衛医大を振って、慈恵を勧めてるそうじゃないの」

「美和子に泣かれて仕様がないから、そうしたらいいとは言ったが、僕は枝美子の選択のほうが正しいと思っている。黙ってそうすればいいんだよ。北野に電話でこぼすなんて、あいつもダメなやつだ」

「さっき会社に現れて、フェイス・ツー・フェイスで話したばかりだ。中目黒に寄りつかないのはどうしてなんだ」

「ウチのやつが体調を崩して、入院騒ぎを起こしたんだ。どうにも困ったものだよ」

「なるほど。奥さんが入院じゃあしょうがないなぁ。美和子さんは順子に面倒見させるように考えよう」

「頼むよ。僕は忙し過ぎる。躰《からだ》がいくつあっても足りないくらいだ」

「小林は頑丈にできているから、いくら忙しくても大丈夫だ。枝美子ちゃん、よく頑張ったじゃないか。きみ、幸せな気持ちなんだろう」

「女子学院の時よりも嬉《うれ》しいよ」

「だったら美和子さんを納得させる努力もしなさい」

「分かった分かった。いろいろありがとう」

小林の電話の切り方は少し乱暴だった。

いつもながらお節介が過ぎるなと思い、北野は自嘲《じちょう》気味に苦笑いした。

第四章　代替り

1

平成十七（二〇〇五）年八月十八日午後五時四十分頃、北野久のポケットの携帯電話が振動した。この日北野は自宅で、顧問をしている中小企業の報告書をチェックしていた。

昭栄化学はとっくに退職していた。入社後ほどなく公認会計士の資格を取得していたため、数社の顧問が受諾できたのだ。

携帯電話にかけてきたのは小林美和子だった。

「もしもし、北野ですが」

「小林が大変なんです。急に頭が割れるように痛いと申しまして……、話しかけても返事をしてくれません」

「すぐ救急車を呼んで、三田《みた》の済生会《さいせいかい》中央病院《ちゅうおうびょういん》へ運んでもらってください。何人か医師を知っていますので、すぐ電話をかけて、必ず受け入れるように手配します。救急隊員には済生会中央病院の浅野《あさの》先生と連絡がついていると言ってください。そうでないと近い病院に連れて行かれるおそれがあります。私もすぐに駆けつけます。携帯電話で連絡を取り合うようにしましょう」

北野は幸運にも浅野医師と携帯電話で連絡が取れた。

「救命救急室でお待ちします」

浅野の即断に北野はホッとし、直ちに美和子に電話した。

「済生会中央病院は、中目黒から二十分ほどでしょう。救命救急室で浅野先生が待機してくれてます。救急車はどうしました」

「あと一、二分で到着するそうです」

北野も喉《のど》がからからだったが、美和子の声はうわずっていて聞き取りにくかった。

小林はCT検査で脳動脈瘤《りゅう》の破裂によるくも膜下出血とわかり、昏睡《こんすい》状態に陥っていた。

この日の昼下がりに、小林は執務室で研究開発部の関係資料を読んでいた。

四時頃、突然頭の芯《しん》に痛みを感じた。こんなことはついぞなかった。疲労によるものだろうとたかをくくって、資料をデスクに置いて静かにしていたが、治まる気配はなかった。横になって休めばなんとか治まるかもしれないと思い、咄嗟《とっさ》に中目黒の美和子たちのマンションへ行こうと決めた。

偏頭痛の経験はなかったが、これがそうなのかもしれない——。作業着をスーツに着替えて、執務室から出た時、少しふらっとした。

秘書の宮崎弥生に、「ちょっと出かけてくる。一、二時間で戻るつもりだ」と伝えた。

「相談役、お顔の色がすぐれないようですが……」

「た、たいしたことはない。少し休めば……」

「お車のご用意を……」

「いらん。タクシーを拾う」

頭痛は募る一方だが、小林はなんとか中目黒に辿《たど》り着いた。

「あなた、どうなさったの」

「ちょっと頭が変なんだ。休ませてくれ」

小林はスーツ姿のままベッドに横たわった。

十分、二十分、三十分経っても頭痛はいっこうに治まらなかった。小林は頭を抱え込んでいた。

「み、美和子」

「はい。ここにいます。あなた！　あなた！　どうなさったの」

「………」

「北野さんに連絡します。すぐ大きな病院を紹介してくださると思いますので」

罹病《りびょう》未経験の小林は病院関係に疎い。美和子の判断は間違っていなかった。

北野は済生会中央病院へタクシーで駆けつけた。幸い道路が空《す》いていたので、一時間足らずで着いた。

美和子が集中治療室の個室で北野を迎えた。

「小林、しっかりしろ」

北野が声をかけたが、応答はなかった。

「非常に重篤なんだそうです。手術はできないと浅野先生に言われました」

「美和子さん、会社へは連絡しましたか」

「北野さんとご相談してからと思いまして」

「わたしが深井会長に電話しましょう。田園調布の人はどうしてるんですか」

「昨日から軽井沢《かるいざわ》へテニスのお友達と出かけて、四、五日留守と聞いています」

北野は深井と携帯電話で話をした。

「小林君がくも膜下出血で重篤の状態で、済生会中央病院の集中治療室にいます」

「えっ！　相談役が……。そんな……。四時過ぎに外出されたと秘書から聞きました。様子がおかしいとも。北原と二人ですぐに参ります」

深井の声がふるえていた。

深井と北原はほどなくやってきた。

美和子と北野、深井、北原の四人は面談室で浅野医師から説明を聞いた。

浅野はCTの写真を示しながら話した。

「破裂した動脈瘤にクリップをかける手術法があるのですが、小林さんの場合は深すぎてできません。重篤で時間の問題です。長くて二、三日ということも考えられます。ご家族の方々にはお集まりいただくのがよろしいでしょう」

北原和彦は常務から専務を経て、常任監査役として小林貢太郎の副官的立場の職務を担当していた。

北野が深井と北原にこもごも眼を遣《や》った。

浅野医師が退室したあとで、美和子は黙って集中治療室へ移動した。

「今現在、小林の家族は晶子夫人と美和子さん、枝美子ちゃんの三人しかいませんが、」

小林によれば、晶子夫人は〝別室〟の存在を認めていないというか、知らないことになっています。わたしは、知らしめるチャンスがあった時に、強く小林を説得したのですが、怖くて無理だと拒絶された覚えがあります。だとしたら、それで押し通すしかないんでしょうねぇ」

「わたしも同感です。それだけ小林オーナーは、晶子夫人を大切にされてたんじゃないでしょうか」

深井の応《こた》えに、北原も頷《うなず》いた。

北野が咳《せき》払いをした。

「わたしの希望をお話ししてよろしいですか」

「どうぞ」

「まず枝美子ちゃんをお呼びして、小林と対面させてあげてはいかがでしょうか」

「美和子さんはどこへ行かれたのですか」

「多分、小林につきっきりでしょう」

「筒井社長のご意見をお聞きする必要があると思いますが」

北原が口を挟んだ。

深井が「電話してきたまえ」と北原に指示した。

北原は携帯電話で、筒井に小林の状況を告げた。筒井は小林の急変を知らされており、会社で待機中だった。

「美和子さんには中目黒に帰ってもらうのがよろしい。枝美子さんも相談役の死を看取れなくても仕方ないだろう。晶子夫人には俺がすぐ電話をかけて、済生会中央病院に駆けつけるようにお願いする。喪主は晶子夫人なんだ。軽井沢から二時間もあれば、病院に着く。北野さんにも帰ってもらうようにしたらいいな。会社側の対応としては、これしかない」

北原は、筒井の指示に従わざるを得なかった。

「社長はご自分で晶子夫人に電話をかけて、病院へ急行するようお願いするとおっしゃっていました。失礼ながら、美和子さんにも、北野さんにもお引き取り願ったらとのことでした」

北野は胸がむかむかしたが、「喪主は晶子夫人です、とも社長はおっしゃっていました」という北原に、反論しようがない、すべきではないと気持ちを切り換えざるを得ないと一瞬思ったが、そうはならなかった。

「枝美子ちゃんは三十分で来られるということなんです。せめて五分か十分、小林に会わせてあげたらどうですか」

「わたしも、北野さんの意見に与《くみ》します」

北原も深井には逆らえない。

美和子から連絡をもらってかけつけた枝美子は、グリセオールの点滴と心電図モニターへ目を向けながら、人工呼吸器につながれた小林にかけよった。

「お父さん！」

枝美子は、両手で小林の顔を包み込むような姿勢を保った。

2

枝美子は小林に頬ずりをして、あふれる涙をそのままに、ひたいとひたいを触れ合わせていた。美和子も側に立ち、二人で小林の手を撫《な》でた。

モニターのアラームが連続音に変わり、浅野医師と看護師二人が足早に入ってきた。

浅野医師は、小林の胸に聴診器を当てた後、ペンライトで対光反射を確認した。そして、「ご臨終です。八月十八日午後六時三十八分です」と言って合掌した。

美和子の号泣が部屋に響いた。北野の眼から涙があふれた。

ほどなく、小林の遺体は霊安室に移され、看護師たちによって焼香の準備がなされた。北野は焼香をしてから、美和子と枝美子を眼で促し、深井たちに挨拶《あいさつ》して、退散した。

北野は、泣き崩れる美和子をタクシーに押し込みながら続いた。枝美子が最後に後部シートに収まった。

「どこへ行きましょうか。中目黒へ直行しますか」

「いま少しおつきあいいただけませんでしょうか。わたくしも、今後の対応について、北野さまとお話ししたいのですが……」

北野は赤坂の行きつけの割烹《かっぽう》で、小林の冥福《めいふく》を祈りながら飲もうと決め、タクシーの運転手に道順を説明している時、順子に知らせていないことに気づき、携帯電話で西鎌倉の自宅を呼び出した。

「小林貢太郎が亡くなった。くも膜下出血で、手術不可能だった。気が動転してて、きみに電話連絡するのを失念した。あっという間のことだったので、その暇《いとま》もなかったんだ」

「あなた、なにを言ってるんですか」

「事実だよ。これから美和子さんと枝美子ちゃんの三人で、小林の冥福を祈りながら一杯飲んでから帰宅する」

「冗談じゃないんですね。ほんとうなんですね」

「当たり前だ。こんなことが冗談で言えるわけがない」

「わたしも参ります。場所と電話番号をお願いします」

「きみが着く頃には終わっている。きみは一人で小林貢太郎を偲《しの》んで、冥福を祈ったらよろしい。葬儀には、参列したらいいだろう。じゃあ」

三人は割烹の小部屋で生ビールで献杯した。

「料理はお任せします。……小林の死に目に会え、死を看取ることができたことは、せめてものなぐさめだったとわたしは思います」

「筒井社長の意に反して、枝美子を呼んでくださったのは北野さまと深井会長の恩情あればこそです。本当にありがとうございました」

「晶子さんは軽井沢だったんですね」

「テニスの合宿中でした。わたしたちはついていたと思います」

「おっしゃるとおりだ……。小林はわたしなんかより十歳は若いと思えるほど元気だったし、事実相談役とは名ばかりで、未《いま》だに東邦食品工業の経営を取り仕切っていました。きょうは、急に中目黒に来たのですか」

「はい。四時頃電話がありました。疲れたから、ちょっと休ませてもらいたいと……」

「少し横になれば大丈夫だとでも思ったのかなぁ」

枝美子が嗚咽《おえつ》を洩《も》らした。美和子も涙ぐんだが、北野は堪《こら》えた。

「最後は、美和子さんと枝美子ちゃんに会いたかったんでしょう。なにか言葉を遺《のこ》しませんでしたか」

「おまえたち二人は僕を恨んでるのか、と笑いながら申しました」

「会社から中目黒までは、いつもタクシーでしたねぇ」

「はい。秘書の方によると、『私用でちょっと立ち寄るところがある』ってきまり悪そうに言うので、ぴんときたと……」

「周囲はお見通しなのに、シャイな小林らしいですねぇ」

3

美和子の携帯が振動した。北原からだった。時刻は午後八時に近かった。

「葬儀社との連絡がつき、葬儀はあさって二十日正午から一時まで、芝《しば》の増上寺《ぞうじょうじ》と決まりました。お二人共、社員として参列願います」

「承りました。ご連絡ありがとうございます」

北原の電話連絡はごく事務的だった。

実はいろいろ揉《も》めたのだ。

晶子は霊安室で焼香をして、三十分ほどで田園調布の邸宅に引き取ったが、そのあと深井と筒井との間でひと悶着《もんちゃく》あったのだ。

「相談役が中目黒で倒れた時、美和子さんによる第一報が北野さんだったのはいかがなものでしょうか」

「お二人の仲がわれわれより親密だと思うしかないと思うが」

「東邦食品工業の創業者としての立場を第一義的に考えるのが当然と思いますが」

「きみは美和子さんと距離を置き過ぎる。わたしも似たり寄ったりだが、美和子さんのお気持ちは察してあまりある。四の五の言えた義理ではなかろう」

「晶子夫人から、小林はどこで倒れたのかと聞かれて参りました」

「どう応じたの」

「会社の執務室以外に応じようがありません」

「それでよろしい」

「われわれの心労を美和子さんも北野さんもまったく考えてくれてません。特に北野さんは出しゃばり過ぎます」

「きみは北野さんに含むところでもあるのかね」

「そんなふうにねじ曲げて言われても困りますが、立場を逸脱しているとは思います」

「きみは晶子夫人と近いからなぁ。いずれにしても、ぎくしゃくさせる問題じゃあない。相談役と北野さんの麗しい友情にケチをつける気は、わたしにはこれっぽっちもない」

深井は右手の親指を小さく突き出した。

北原は二人のやりとりを知らなかった。

新聞社、通信社の訃報《ふほう》欄係へ小林貢太郎死去のファクスの手配をするため霊安室から離れていたからだ。

翌十九日の朝刊各紙に小林貢太郎の死亡記事が掲載された。ただし「東経産」だけはわざと見送り、夕刊に掲載した。

「東経産」は、日華食品と東邦食品工業の特許係争問題で終始、日華食品の肩を持った。デタラメな記事を掲載し、その見返りに日華食品から大量の広告料をせしめていたと言われても仕方がない。朝刊と夕刊では発行部数が十倍以上は異なる。最後まで厭《いや》がらせをした「東経産」に全国紙の矜持《きょうじ》はなかったとも言える。


北野久、順子夫妻は増上寺の葬儀に参列した時、晶子喪主に挨拶したが、きつい眼で一瞥《いちべつ》されただけだった。

「なにもかも知り得ていて、知らないふりを装うのはしんどいだろうなぁ」

「でも、小林貢太郎夫人として、実に堂々としてますよ」

「わたしはソクラテスの妻におびえていた小林に同情する。ま、小林の運命、宿命と思うしかないが」

東邦食品工業の幹部社員約百人が参列したが、美和子と枝美子が一昨夜と違って、きりっとしていたので、北野は安心した。四人は早々に増上寺を後にした。

別れしなに枝美子が言った。

「剣道三段になりました。勤務先は所沢《ところざわ》の防衛医大病院です。気持ちを早く切り替えたいので、今から道場へ行くことにします」

「それはいい。お父さんへのなによりの供養だ」

「わたしは釈然としません」

「美和子さんのお気持ちも分からなくはないが、枝美子ちゃんの思いを尊重しましょう」

北野は、東邦食品工業と疎遠にはなるが、美和子、枝美子との親戚《しんせき》同様のつきあいは深くなるかもしれぬと思ったものだ。

4

小林貢太郎の急逝によって、深井誠一代表取締役会長と筒井節同社長の仲が微妙に変化していた。

生前、小林貢太郎は「深井なかりせば東邦食品工業は経営危機に直面していたろう」と多くの知人に話していたが、筒井は「深井氏の使命は終わった」と腹心の専務、常務たちに洩らし、酒席で「鬱陶《うっとう》しい存在」とまで言い出す始末だった。

筒井の強みは、個人では筆頭株主の小林晶子の気持ちを捉《とら》えて離さなかったことだ。

晶子がCEO（最高経営責任者）は社長の筒井であるべきだと語ったとする噂が社内に流れ、それが膨らんで独り歩きし、いつしか不動のものになった。深井が十月に腰痛でひと月ほど入院した時のことだ。

それまで創業社長夫人にありがちな人事に口出しすることがなかった晶子が、筒井の応援団長になったと大勢が解釈したのだから、筒井の立場が強化されたのは当然である。

北野は深井の入院中に一度見舞いで訪ねたことがあった。その時、深井は代表取締役会長職を辞する考えだと北野に伝えた。

「病気で気持ちが萎《な》えているのは分かりますが、わたしだからいいようなものの、東邦食品工業の人に対して絶対に口にしてはいけません。東邦食品工業は小林と深井さんが二人三脚で築いてきたともいえます。あなたがコバチャンINC.を再建できなかったら、東邦食品工業本体もただでは済まなかったでしょう。このことは小林が常々話していたことです」

「しかし、わたしももう七十四です。若い人たちに任せてもいいのではないかと思う気持ちも、察していただけませんか」

「冗談じゃない。まだ七十四歳ですよ。わたしより二つも下です。あなたが背後で睨《にら》みをきかせていなければ、筒井さんは暴走しかねない。わたしの感情論もあるが、大企業の社長になってはいけない人でした。小林ほどの男がなんで、筒井さんを引っ張り上げたのか不可解ですよ」

ここまで筒井をあしざまに貶《おとし》める北野を、深井は不思議そうに見上げた。

二人は小さな病室の椅子に向き合って話していた。

「筒井は馬力もありますし、大学を出てすぐに東邦食品工業の創業期に入社した生え抜きです。まだ六十代で若くもありますから、かれがリーダーになるのは当然と思います」

深井は、かつて筒井がアメリカ行きの意思を小林にほのめかしたことを思い出した。

「ちゃっかりしている面はありますが、小林オーナーに対して水火も辞せずという態度を取り続けたことも事実です」

北野は、イクラの包みを投げつけられたことをおもしろおかしく話した。

「そんなことがありましたか。下町育ちですので粗野でやんちゃなところはあるかもしれませんねぇ。失礼致しました」

「わたしは小林に、人前に出せないぞと言いつけたいのを我慢したが、筒井さんの暴走を止められるのは深井さんだけです」

「わたし贔屓《びいき》の役員から、筒井が来年四月の決算役員会でわたしを退任に追い込むことを考えている節があると聞いて、そろそろ潮時かなと思ったことは事実です。筒井は晶子夫人の覚えもめでたいので、強気になるのも分かりますよ」

「深井さんはいつ退院できそうですか」

「あと二、三日でしょう」

「退院されたらすぐに出勤するのがよろしいでしょう。代表取締役会長を簡単にどけられるとは考えにくい」

「昔、筒井君が資材部門の担当常務をしていた時、ピンハネをして、もちろんポケットには入れなかったが三十億円もプールしていた事実があります。資金をまとめて再投資しようという発想です」

「小林のお咎《とが》めはなしですか」

「相当悩んだと思います。筒井君の独断も気に入らなかったでしょう。もっとも、相談されたら小林は反対するに決まっています。消費者に還元すべきもので、コスト高になるわけですから。犯罪行為だとまで言い出す小林オーナーに、わたしは自分のポケットに入れたわけではないから、それは言い過ぎだと筒井を庇《かば》いました。概して企業とはそんなものなんじゃないですか。悪さをしても、会社のためと考えたのなら許されるんです。始末書を書かせ『以後、慎むことを誓う』で幕を引きました。ただし筒井君に対する小林オーナーの見方が厳しくなったのは事実です」

「社長にしたのは不可解ですねぇ」

「わたしが強く推したからでしょう」

北野はペットボトルの麦茶を飲んで、思案顔を深井に向けた。

「わたしの立場でこれ以上容喙《ようかい》するのは止めますが、東邦食品工業が深井さんを必要としていることは確かなんじゃないですか」

「けっこう若い人材が育ってきています。小林オーナーの人を見る目は確かだったと思います」

「とにかく弱気にならないことです。御社のCEOが会長なのか社長なのか知りませんが、小林が五十年かけて築いた東邦食品工業のDNAを若い人たちに受け継がせるために、深井さんはもうひと踏ん張りしてください」

「筒井君にとって、わたしは煙たい存在であるとは思いますが、腹を割って話してみます。きょうは北野さんに激励されて、少し元気が出てきました」

深井は腰をさすりながら玄関まで北野を見送った。

立ち話で、深井がこんな話をした。

「わたしは直言居士《こじ》で、納得できないことは、小林オーナーにもなにかと逆らったものです。バージニアの工場建設のゼネコン選定問題で、オーナーは加島建設《かじまけんせつ》を指名しろと言われました。わたしは少なくとも複数のゼネコンから見積もりをとるべきだと主張しました」

「小林は折れたんでしょう」

「それが、命令だと言って押し切られました」

「小林にとっても常に正論を吐く深井さんの存在は煙たかったのかもしれませんね」

「小林オーナーから学んだことのほうが圧倒的に多いのですが、わたしは部下に厳し過ぎるとオーナーから何度注意されたか分かりません」

「あなたに鍛えられた部下の人たちは、どう思っているんでしょうか」

「わたしにはよく分かりませんが、感謝してもらわなければ浮かばれません」

「小林が深井さんに感謝していたことは、部下の教育も含めて何度も聞いていますよ」

「ありがとうございます」

「それにしても七十六歳の死は早過ぎにもほどがありますよ。旧制中学の頃から体力にはやたら自信を持っていた。今にして思えば過信ということになりますが」

北野が含み笑いを洩《も》らした。

「小林を含めて交際費ゼロは事実だったのですか」

「初期の頃の話で、オーバーに伝わっています。『交際費を使わなければ売れないようなものは作るな』とは言っていましたが、ゼロはあり得ません」

「相談役に退いた時の退職金がわずか三億円で話題になりましたが、それは事実ですか」

「事実です。多額の創業者利潤を得ている、というのがその理由でした。三億円の相当部分は仮払金の交際費に充当したことも事実です」

「小林も身銭を切っていたわけですねぇ」

「そう思います」

「朗報を待ってますよ。いくら鉄面皮の筒井さんでも、深井さんを袖《そで》にすることはできないでしょう」

北野は手を振ってからタクシー乗り場へ急いだ。

5

この年十一月に事件が出来《しゅったい》した。

財団法人東邦食品研究会に、小林貢太郎が東邦食品工業の株式を寄付していたことが発覚したのだ。なんと十五万株、当時の同社の株価は約三千円なので、約四億五千万円相当である。

同研究会の理事長職にあった深井は同研究会で保有するのは当然だと主張して譲らなかった。

「旧東京水産大学グループ中心のこぢんまりした研究会であってはならない。研究に対する小林貢太郎のロマンはもっと壮大であったはずだ。資金の運用は東邦食品工業に任せず、研究会で行うべきだ」

この深井の主張に筒井は猛反対し、突如、評議員会を招集して深井理事長を解任し、自らが後任の理事長に就任すると宣言した。

深井が筒井の代理人の北原和彦常任監査役と三時間近く激論した直後、法律事務所を通じて深井宛てに配達証明付きの文書が送付されてきた。

深井は激怒し、知人の弁護士を介して、争う姿勢を表明した。

名誉棄損も甚だしいと判断したからだ。

「冗談じゃない。なにを考えてるんですか。深井さんも筒井君もどうかしている」

割って入ったのが、青木光一だ。青木は代表取締役専務を辞任し、関係会社の顧問に就任していた。

青木の奔走で、財団法人東邦食品研究会評議員一同による評議員会招集撤回通知書が深井宅に郵送されてきた。

前略　私たちは財団法人東邦食品研究会（以下、当会）の評議員として、一般社団法人および財団法人に関する法律第一八〇条第一項に基づき平成十七年十一月十五日付評議員会招集請求書により、当会の評議員会を招集することの請求（以下、本請求）を致しましたが、次のとおり本書を以《もっ》て本請求の撤回を通知致します。

財団法人東邦食品研究会は、水産加工を始めとする食品総合メーカーの東邦食品工業株式会社（以下、東邦食品工業）の創業者の小林貢太郎氏が食品科学に関する学術研究の奨励援助を行うことを目的として設立したものであり、その設立当初に策定された定款に沿って当会が運営されることこそが、小林貢太郎氏の意思に沿うことであると考えておりました。

こうした考えに基づき、今般、本請求を致しましたが、本請求にあたり当会評議員会の招集の理由を詳細に記述したところであるものの、これらの理由は失当であるとともに、深井氏の小林貢太郎氏に対する衷心からの想いについては些《いささ》かも疑うものではなく、深井氏が私心を捨てて行動されていることに異論を申し述べるものではございません。

これまでの東邦食品工業における深井氏のご尽力が筆舌に尽くし難く多大であることは言を俟《ま》つまでもなく、それに対する心からの敬意の念を私たちにおいても禁じ得ないところであります。

本請求に至ってしまったことにつきましては誠に遺憾ながら、ここに本請求を撤回致します。本請求に伴い深井氏を始め関係諸氏に多大なる御心配と御迷惑をおかけしましたことを深謝いたします。

草々

詰まるところ詫《わ》び状である。

配達証明による評議員会招集請求書は、深井解任の理由として、『深井誠一は、その就任以来、理事長の地位にありながら当会の運営の一切を東邦食品工業に任せきりで、職務上の義務の一切を放棄し、または職務を怠ってきた。深井誠一が自己または第三者の利益のため当会の理事長の地位を濫用し、当会に害を被らせるおそれがある』などと、激越、過激にもほどがある酷《ひど》い代物だった。

「裁判沙汰《ざた》になれば、泉下の小林貢太郎さんが哭《な》きますよ。東邦食品工業のOBとして恥ずかしいとは思いませんか。深井さんの名誉回復は必ず実現します」

親分肌の青木が一肌脱ぐ気にならなければ事件化したかもしれない。

矛を収めた深井は東邦食品工業がらみの職務全てから身を引いた。

6

深井退任を新聞記事で知った北野は深井宅に電話をかけた。

「なにがあったのですか」

「嫌気がさして、やってられないという気持ちになりました」

「近日中に慰労会をやらせてもらいましょう。いや、いま決めましょう。忘年会をかねて十二月五日はどうですか」

「ありがとうございます。お受けします」

「午後六時に、新橋《しんばし》の烏森《からすもり》の一杯飲み屋でよろしいですか」

「どこでもけっこうです」

北野は場所と時間を伝え、「ブッキングできない時に限って電話します」と言って電話を切った。

割烹《かっぽう》店一階の小部屋で二人は熱燗《あっかん》を飲みながら話をした。

深井の話を聞いて、北野は大きな吐息を洩らした。

「小林の死後わずか三か月で、東邦食品工業はずいぶんと変貌《へんぼう》したものですねぇ。それも良くなったとは到底思えません。つまり劣化です」

「研究会に贈られた十五万株がどういう経路で、どういう性質のものかもよく分からないのですが、晶子夫人絡みだとは想像されます。研究費だけではなく、小林オーナーの故郷を支援するなり振興するなり、使途は色々考えられました。しかし、晶子夫人の了承は取り付けられなかったようです。研究会保有の株式として、登録されることになると思います」

　北野が二つのぐい呑《の》みを満たした。

「深井さんの潔さには敬服しますが、せめて会社は特別顧問とか名誉顧問の肩書きを用意するのが礼儀だと思います。あなたと三時間も激論した人が筒井さんに進言すればノーとは言えないでしょう」

「感情論的には北原も筒井もノーですよ」

「神ならぬ人間の愚かさですかねぇ。深井さんをどけるために、晶子夫人がなにか仕掛けたのでしょうか」

「考え過ぎでしょう。筒井君は田園調布詣《もう》でを続けているようですが、個人では筆頭株主ですから大事にしませんと。晶子夫人の係累はゼロですから、夫人の持ち株は東邦食品工業の物も同然なんでしょうね」

　北野は呑み干して、ぐい呑みを強く握った。

「小林は美和子さんと枝美子ちゃんにきちんと遺《のこ》したのでしょうか」

「ご心配なく。古希の時に公正証書にしています。『交通事故も考えんとな』と照れ臭そうにおっしゃっていました。わたしは北野さんの入れ知恵かと思わぬでもなかったのですが」

「話そうと思ったことはありますが、いざとなると躊躇《ちゅうちょ》してしまい、話さずじまいでした。よかったぁ。ほんとうにそう思います。安心しました。感情論が過ぎると思いますが、晶子夫人は小林のためにどれほどのことをしたのでしょうか。小林はまるで腫《は》れ物にでも触るように晶子夫人と接してきました。美和子さんと枝美子ちゃんの存在がそうさせたとも言えるが、二人が小林にとって精神的にも支柱になっていたことは確かです」

「おっしゃるとおりです」

深井が笑顔で北野に酌をしながら続けた。

「いろいろ申し上げましたが、本音を言いますとわたしはカミさん孝行がしたくなったのです。長い間、わたしの両親と姉の面倒まで見続けてくれました。実に優しい女性なんです」

「立派な奥方ですねぇ。お気持ちはよく分かりますよ。ただどうですか。東邦食品工業の行く末は気になるでしょう」

「ならないと言えば嘘になります。しかし、余計なことは考えず、老兵は消え去るのみの心境になったのも事実です。カミさんも喜んでいます」

「深井さんのハッピー・リタイアメントに乾杯しましょう」

北野は二つのぐい呑みを満たしながら、胸騒ぎがしてならなかった。

7

十二月六日の常務会の終了間際に、議長の筒井節社長が唐突に発言した。

「屋上に銅像とか石碑みたいなものがあってもいいんじゃないですか」

「小林貢太郎オーナーの銅像ですか」

代表取締役副社長の小田《おだ》雄造《ゆうぞう》の質問に、筒井は眉《まゆ》をひそめ、猪首《いくび》を左右に大きく振った。

「〝ヤル気と誠意〟しかないだろう。うちの社是みたいなものだ」

「いいですねぇ」

小田もすぐに応じた。小田は小林にも深井にも眼をかけられた。

「なるほど」

「名案ですな」

全員が賛成した。

完成した記念碑に〝ヤル気と誠意〟と刻まれていた。だが、小林貢太郎の名前はどこにもなかった。

〝平成十八年一月三日　東邦食品工業株式会社代表取締役社長　筒井節〟とあるのを

当日午前九時の除幕式でしげしげと見入って、違和感を覚えた役員、社員が多かったのは当然だ。

小林貢太郎の副官を以て任じていた北原和彦の顔色をそれとなく窺《うかが》う者が何人かいる。

『一言あって然《しか》るべきではないのか』と、みんなの顔に書いてあった。

だが、独り悦に入っている筒井にもの申す者は誰一人いなかった。

「小林晶子さんはご存じなんですか」

取締役企画部長の山本晴彦《やまもとはるひこ》が北原にわざわざ質問したのは翌日のことだ。

「社長に訊《き》いてみろよ」

「それは北原常任監査役の役目でしょう。企画部で首をかしげない者は一人としていませんでした」

「しかし社長の独断とは思えない。確認するまでもないし、それは野暮っていうものだろうな。晶子夫人の了解を取りつけてるに決まっている。晶子夫人が小林オーナーに複雑な思いを持っていることは知ってるだろう」

「もちろん。表向きは未《いま》だに知らないことになっているそうですが、わたしは仮にそうだとしても筒井社長は遠慮すべきで、〝小林貢太郎〟でなければ整合性がとれませんよ」

「きみと同期の丸田《まるた》君が仕切った筈《はず》だからあいつに訊いたらいいだろう」

丸田三郎《さぶろう》は総務部長である。次長の松山理恵子《まつやまりえこ》とのコンビが、筒井のお庭番的存在なのは、両人ともに百も承知だった。

「それはリスキーかもしれませんね」

「だったら沈黙するしかないんじゃないのか」

「サラリーマン稼業の辛《つら》いところですか。小林オーナーが懐かしいですよ。東邦食品工業は風通しのいい会社でした。オーナーが相談役になられたあとも、常務会の雰囲気は良かったと思います。わたしは課長でしたが、書記役の代行で二、三度、出席したことがあります。議長の筒井社長を叱りつけていた小林貢太郎さんの腕組み姿が印象に残っています」

「小林オーナーが亡くなって間もないのにな。去る者は日々に疎しで、わたしも忘れることが多くなった。記念碑のことを今さら言いたてても仕方がないな」

二人は六階の小部屋で話していた。筒井は関西に出張中だった。

「ウチには山本を始めとしてミドルクラスに出来物がいっぱいいる。東邦食品工業の未来は安泰だ」

「取って付けたようなことを言われましても応《こた》えようがありません。しかし、丸田とは同期の誼《よし》みもありますから、それとなく話してみますかねぇ。外部の人に記念碑を見せたいと、社長の周辺で思っているなんてことは……」

北原がしれっと言った。

「ご本人はどうなのかねぇ。除幕式の時の嬉《うれ》しそうな顔といったらなかったものなぁ」

「勘違いにもほどがありますよ。常任監査役はそれでも傍観者を決め込むつもりなんですか」

「〝筒井時代〟に変わったと思うしかないだろう。代替りしたんだよ。外部の人も、案外割り切って、そんなふうに受け止めているかもな」

「小林オーナーと筒井社長ではパワーの差があり過ぎます」

「それは、これからの筒井社長の経営能力、手腕いかんだろう」

「さしずめ、あの記念碑はパフォーマンス一号っていうことになるわけですか」

「そうかもなぁ」

「小林オーナーとの力量の差は明白です。贔屓《ひいき》目に見ても十分の一でしょう」

「本妻を味方に付けていることをカウントしたらどうなる」

「それでも五分の一以下でしょう」

「ま、そんなところだろうな。判断は遅いし、問題の先送りはしょっちゅうだ」

北原が記念碑に多少は懐疑的なことが分かり、山本はほっとした。

山本は北原と別れて席に戻るなり丸田に電話をかけた。

「今夜あいてるのか」

「取締役企画部長の命令なら、あけてもいいけど」

「先約があるんなら無理強いはしない。あしたでもあさってでも、いつでもいいよ」

「いや、受けるよ。気になるものな」

丸田に先約などなかった。もったいぶっただけのことだ。

この日、午後五時半に山本と丸田はＪＲ京浜東北線《けいひんとうほく》の大井町《おおいまち》駅に近い飲み屋で落ち合った。

「急いで来たので、汗をかいた。五分の遅刻だな」

「五分前に着いたので十分待たされたよ」

先に来たのは山本だった。

丸田は下ぶくれのにやけ面だが、山本は面高で、メタルフレームの眼鏡をかけていた。二人とも中肉中背だ。

「じゃあビールを飲もう」

客は二人だけなので、テーブルに料理が並ぶのは早かった。蛸《たこ》と烏賊《いか》の刺し身、鰯《いわし》の生姜《しょうが》煮、湯豆腐などがあっという間に並んだ。

「記念碑に乾杯！」

発声したのは山本だ。

「乾杯！」

丸田のほうがグラスをぶつけた。

大瓶から二杯目を注いだのも丸田である。

「総務部が仕切ったんだってねぇ。創業者の名前がないのは不可解だが」

「トップは東邦食品工業の旧《ふる》い体質を劇的に変えたかったんじゃないかなぁ」

「社長命令に逆らえないのは分かるが、社長の独断、独走にブレーキをかけられない筈はない」

「常務会で承認されたと思うけど」

「そんな事実はない」

「そうか。山本は常務会を仕切ってるんだ」

「ただの書記役で、きみほどパワーがあるわけでもない。記念碑に違和感を覚えなかった総務部長には呆《あき》れているが」

「繰り返すが、旧い体質を劇的に変えたいとする考えに俺は与《くみ》する。違和感を持つ人がいるのも分かるけど、価値観の問題なのかねぇ」

「人間性の問題だろう。深井会長という重しが取れた途端に、ここまでやるとは夢にも思わなかった。きみもわたしも小林オーナーに見込まれて、東邦食品工業に入社した。丸田が総務部長の立場をわきまえ過ぎたと思うしかないのかねぇ。イフの話は無意味だが、わたしが総務部長だったら小林貢太郎であるべきだと進言したと思う。記念碑の経費なんて知れてるだろう。作り直す手もあるな。筒井社長の名を汚すよりましだとも思う」

「…………」

「創業者はシャイな人だったから、記念碑と聞いただけで厭《いや》な顔をしただろうなぁ。だとしたら、取り壊す手もあるかねぇ。だいたい、〝ヤル気と誠意〟のフレーズを〝強さと優しさを〟などに変えなければいけなかった」

「お説はしかと承った。話してばかりいないで、少し食べたらどうなの」

「十分間、食事に集中しようか。まだまだ言い足りない」

山本は冷めた湯豆腐をがつがつかき込んだ。

鰯の生姜煮も片付けた。

「小林貢太郎の遺伝子を残すことに注力すべき立場の人が、かたっぱしから壊そうとすることを許しててていいのかねぇ」

山本も丸田も芋焼酎《じょうちゅう》のお湯割りを飲んでいた。酒は二人ともいける口だ。

「日華食品にうちは大きな差をつけられている。組織力然り経営力然りだ。株価にすべてが示されているとまでは思わないが、途方もない差をつけられた最大の根拠は、創業者のDNAを受け継いでいるかどうかだろう」

「小林オーナーのＩＲ、ＰＲ嫌いは知る人ぞ知るだ。その差もあるんじゃないのか。広告費をめぐってオーナーと論争した人は多いと思うけど」

「過剰広告を嫌っただけのことだと思うが。シャイな人柄とも無関係ではあり得ない。常務会の書記役として思うのは、筒井社長の判断が遅い、ぐずぐずしてて煮え切らない、っていう点かねぇ。人事権者としての振る舞いぶりだけは、オーナー並みだが……。記念碑の話に戻すが、違和感を覚えたのはわたし以外に誰もいないのか」

「そういえば山本取締役企画部長だけかなぁ」

「ふーん。勘違いして、わたしには不可解千万だとか言ってくる同期入社組はけっこう多いぞ」

「山本が一選抜《いちせんばつ》中の一選抜だからじゃないのか」

「一年早かっただけのことで、丸田も来年六月に取締役になるから安心しろって。というに自覚しているとは思うが」

山本の胸の中は逆だった。こんなのが役員になるなんて冗談じゃないと思っていた。追従《ついしょう》を言ったのは、お庭番の丸田の立場に思いを致したからだ。

だがもう遅い。丸田はお庭番に徹するだろう。

担当常務を飛ばして筒井社長に話せる丸田の立場は強い。北原常任監査役の腰も引けていた。

店内ががやがやしてきた。山本が時計を見ると午後七時四十分だった。

「言いたい放題言わせてもらって、すっきりした。きょうはわたしが持たせてもらう」

「そうはいかない。割り勘に決まってる」

「無理して来てもらったんだしリーズナブルな店なんだ。例外があってもおかしくないだろう」

山本はトイレに立ち、ついでに支払いを済ませるつもりだったが、やはり割り勘だった。

8

翌朝、七時半に丸田は松山理恵子と総務部応接室で向かい合った。

松山は東邦食品工業の社員にしては珍しく化粧が濃い。

四十一歳の年齢は隠し切れないが、松山のほうから「昨夜はどうでした」と、にやつきながらガラガラ声で、声をかけてきたのだ。

丸田はニュアンスも含めて話して聞かせた。

「松山さんの意見はどうなんですか」

「社長に報告するかどうかっていう意味ですね」

「まあねぇ」

「部長はどうなんでしょうか」

「同期の誼《よし》みで黙ってるかねぇ」

「記念碑に違和感を持っている人は、けっこういると思います。取締役企画部長は、それを代弁しているとも言えますよねぇ。社内の空気なり雰囲気をトップに伝えて、反応を見たい気もします。怖い物見たさって、あってもよろしいんじゃないでしょうか」

「癪《しゃく》にさわったのは、自分が総務部長だったら創業者の名前にすべきだと進言してたろう、とか言われたことだ」

「社長に話してくれと言ってるのも同然じゃないですか」

「そう取って取れないこともないな」

「決まりですね」

「うん」

中腰になった丸田が座り直した。

「俺が話すと、いかにも言いつけたみたいになるよなぁ。同期ってけっこう厄介なんだ。誰が見ても山本が同期のトップであることは疑う余地がない。そいつの足を引っ張ることになりかねないわけだよなぁ」

「なにをごちゃごちゃ言ってるんですか。わたしもやっかまれる身ですが、ただの社長秘書ではなく、部長と同じ参謀役だと割り切ることにしています。ところで一つ伺ってよろしいでしょうか」

「どうぞ」

「部長は違和感を持ったんですか」

「もちろん。松山さんはどうなの」

「右に同じです。深井さんがおられたら、あり得なかったと思います」

「社長は小林オーナーに対して感情論があるんだよねぇ。一説によると、資材担当常務の時に独断でピンハネして何十億円も溜《た》め込んだことを小林オーナーに咎《とが》められたくせに、深井さんの強力な推しで社長になれたこと。つまり対深井コンプレックスが強烈にあるっていうわけだ。深井さんは大仕事をして大手柄を立てたことで有名だけど、片や手柄話はゼロの人だからねぇ」

「ピンハネの話は二説ありますよ。小林オーナーは一銭も懐に入れずに頑張ったって褒めたという説もあります」

「小林オーナーの性格上、後者はあり得ないだろうな。だからこそオーナー夫人に擦り寄るしかなかったんじゃないのか。小林オーナーが怖がっていた夫人に取り入ったのをオーナーが知らない筈《はず》はない。オーナーが一番社長にしたくない人だったことは間違いないんじゃないかなぁ」

二人とも話が逸《そ》れていることに気づいていた。筒井批判をやれる立場でないことを含めて、そろそろ結論を出さなければならない。

「松山次長に頑張ってもらうのがいいと思うけど。社長は俺なんかよりよっぽど松山さんに弱いからねぇ」

「部長命令とあらば受けますよ」

「お願いします」

丸田に拝むようなポーズまでされて、松山は「分かりました」と応《こた》えた。

午後二時四十分から二十分間、森井緑秘書が筒井の時間を押さえてくれた。

筒井は無表情で松山の話を聞いていた。

「〝ヤル気と誠意〟は小林貢太郎一人だけで決めたわけじゃねぇよ。批判は甘んじて受けるが、俺流のやり方でやらせてもらうしかねぇだろう」

「おっしゃるとおりです」

「時代が変わったんだ。どんどん変化している。小林イズムの古臭さがだんだん分かってくるだろう。山本も馬鹿だなぁ。直接俺に言って来れば少しは男をあげたろうに」

「わたくしも同感です」

「丸田はどうしてるんだ」

「同期の誼みにこだわっていました」

「なにが誼みだ。みんなライバルだろう。昔おふくろが同期を我が家に呼んで、飯を食わせてやってたが、同期の連帯感なんて三十路《みそじ》までなんじゃねぇのか」

松山はにこやかに頷《うなず》くだけだった。そっと時計を見ると三時を六分過ぎていた。

三時に来客と聞いている。

「情報は密に頼むな」

筒井はにたっと笑って、腰をあげた。


「待つ身の辛《つら》さと言ったらないな。一時間も待たされた気分だ」

丸田は小心だ。応接室にこもって、時計ばかり見ていた。

「『丸田はどうしてるんだ』と訊《き》かれたので、『同期の誼みを気にしている』と応えたところ『同期の誼みなんて三十路までだ』とおっしゃってました」

「松山さんも一言多いなぁ」

「ほかに応えようがあったら教えてくださいよ」

ふくれっ面をされて、丸田は『厭味《いやみ》な女だ』と思いながら大仰にのけぞった。

「同期の誼みが三十路までとは思えないので、折を見て社長に直言するとしよう」

『するわけがない』と松山は思った。

第五章　ヒラメ集団

1

取締役企画部長の山本晴彦が、常務取締役人事部長の岩瀬《いわせ》光三《こうぞう》に呼び出されたのは、平成十八（二〇〇六）年一月十日昼下がりのことだ。

二人は人事部の応接室で向かい合った。

岩瀬は柔和な表情のまま切り出した。

「わたしに呼ばれた理由は分かっているのか」

「察しはつきます」

山本の表情が引き締まった。

「記念碑のことで社長批判をしましたので。常務から電話をいただいた時ぴんときました。ここへ来る前に、丸田総務部長と電話で話し、松山次長が社長にご注進に及んだと聞いています」

「社長は泣いて馬謖《ばしよく》を斬るなどと大袈裟《おおげさ》なことを言うので、記念碑に違和感を覚えたぐらいのことでそこまでやりますか、と反論したが、意地になっているのかねぇ」

「つまりわたしをクビにしたいっていうわけですね」

「泣いて馬謖を斬るは言葉の綾《あや》だろう。山本は管理部門が長くなったから、大阪で営業はどうかっていうことなんだ」

「つまり左遷ですか」

「そうとんがるな。一時小憩ぐらいと取るのがいいんじゃないかな」

山本はむすっとしていた顔を無理矢理やわらげた。

「記念碑について常務はどう思われたのですか」

「違和感を持ったよ。社長にも申し上げたが、それが逆効果になったのかもしれない。代替りの周知徹底とでも解釈すべきなのか、見せしめ的になにかやりたいんだろう。山本の行動を飛んで火に入る夏の虫と考えた節がある」

腕組みして思案顔を天井に向けた山本に、岩瀬がたたみかけた。

「大阪行きは受け入れざるを得ないだろうな」

「社長の気持ちがそれで収まるんでしたら、その選択肢しかないと思います。一石投じたことは間違いないわけですし」

「わたしが釈然としていないのだから、山本はもっと頭に血をのぼらせていると思う。社員のモチベーションが低下するなど、それこそ逆効果のほうが心配だが、とりあえず山本の転勤を落としどころにして、様子見させてもらおうか。山本の企画部長は嵌《は》まり役だったから、勿体《もったい》ないとは思うが、山本なら必ず挽回《ばんかい》できる。ゴネて得する場合もあるが、深井会長をどけて、高揚している筒井社長には通用せんだろう。堪《こら》えてくれた山本に感謝するよ」

ひたいの皺《しわ》を深くして、山本を見つめる岩瀬の眼は優しかった。

「常務のお心遣いに感謝します。腐らずに大阪でひと仕事してきますのでご安心ください」

「ありがとう。一月二十日付の人事異動の中に滑り込ませてもらう。後任は誰がいいか意見があれば聞かせてくれないか」

山本の眼に、下ぶくれの丸田の顔が浮かんだ。丸田なら、俺との違いを際立たせてくれるだろうとの負のイメージに、山本は我ながら卑しいと思い直して小さく首を振った。

「山本の同期にはおらんだろう。一期下かねぇ」

胸中を読まれた気がして、山本は下を向いた。

「ミドルクラスの人材の層は厚いので、わたしが考えるまでもありませんね」

「うん。社長が君の後任まで既に視野に入れていたのにはびっくりしたよ。名前は明かせないが、わたしはイマイチだと思ったので、首を傾げたら厭な顔をされた。企画部長は枢要なポストだ。上ばかり見ているヒラメやイエスマンであってはならないと思う」

「二十日付の人事異動は大幅なんですか」

「そうなるんだろうな」

「わたしなどは、片隅のほうなんでしょうねぇ」

「勘がいいねぇ」

「常務は最前『滑り込ませる』とおっしゃいました」

「ふうーん。なるほど。ところで山本も若い頃アメリカで深井さんに鍛えられた一人だったなぁ」

「はい。厳しく鍛えていただきました。ただちょっとしたことでも褒めてくれる人でもありました」

「叱る、怒るは極力少なくして、特に若い社員は当然だろうが、褒められたほうが伸びるし成長すると飲み会で深井さんから言われたことを覚えてるよ。わたしはアメリカ組に入れてもらえなかったが。深井さんなくして〝筒井社長〟は考えられない」

「わたしとは時期がズレていますが、筒井社長がアメリカで深井さんに鍛えられたことは事実です」

岩瀬の顔がにやっとなった。

「〝田園調布〟を味方に付けていたことも大きいんだろうな」

〝深井会長追放劇〟は小林晶子を抜きにしては成立しなかった。岩瀬も山本も思いは同じだ。


東邦食品工業一月二十日付人事異動は、トップ人事を含めてかなり大幅なもので、部長以上だけでも五十三人だった。

筒井は代表取締役会長に就任、社長は副社長の小田雄造が昇格した。

組織改編に伴い、本部制が採用された。

取締役営業本部大阪支店長に左遷された山本はまあ片隅のほうだ。

山本の後任はなんと一期下の村山浩治《むらやまこうじ》ではないか。ヒラメ中のヒラメだ。企画本部長なのだから大抜擢《ばってき》だ。六月の定時株主総会で選任される取締役含みだ。人事本部長になった岩瀬は抵抗敵《かな》わず、筒井に押し切られたのだ。

いちばん不可解なのは総務部が本部にならなかったことだ。しかしよくよく考えれば不可解ではないことが分かる。筒井会長直結を示して余りあった。

2

北野久は「東京経済産業新聞（東経産）」で東邦食品工業の人事異動を知り得た。全国紙で「東経産」だけが上場企業の部長以上の氏名を掲載する。

久方ぶりに深井に会いたくなった。電話をかけて二十三日の月曜に六本木《ろっぽんぎ》にある東《とう》京全日空《きょうぜんにっくう》ホテルのレストランで昼食時間に会おうと決めた。電話のやりとりが二度あり、夫人同伴になった。

四人共、スーツ姿だ。

「家内の正子《まさこ》です。こちらは小林オーナーの畏友《いゆう》の北野久さんと奥さんの順子さん」

「よろしくお願いいたします。主人がいつもいつもお世話になっており、お礼申し上げます」

「それはわたしのほうですよ。深井さんには家内共々お世話になりっぱなしです。奥さま孝行がしたいとおっしゃった深井さんのお気持ちがよく分かりました。明るくて綺麗《きれい》な奥さまにお目にかかれて光栄です」

「明るくて美形は順子夫人のほうですよ」

深井にしてはよくぞ切り返してくれたと北野は思った。

「あなた、座りましょう」

順子に催促されて、まっ先にテーブルの前に腰をおろしたのは北野だった。深井が北野の前に座り、順子と正子が向かい合った。

四人ともホットコーヒーとミニサンド。スモークサーモン、生ハム、ツナ、トマトとチーズなどだ。

「会食でアルコール抜きは初めてですかねぇ」

「はい。小林オーナーとはどうでした」

「いくらなんでも、真っ昼間からはなかったと思います。美和子夫人も、枝美子ちゃんもアルコールには強いほうですがねぇ」

「あなた、枝美子ちゃんじゃなくて、小林先生か枝美子先生でしょ」

「まあねぇ。ただ、枝美子先生と呼んだら、北野の小父《おじ》さまに先生なんて他人行儀な呼び方をされたくありません、ってぴしっとやられたんだ。きみはキッチンにいて聞こえなかったんだよ」

北野は順子に向けていた顔を戻して、深井と正子にこもごも眼を遣《や》った。

「実は正月の二日に、初めて西鎌倉の拙宅に親子二人でお越しくださったのです」

深井は正子と顔を見合わせて、大きく頷《うなず》いた。

「八王子の我が家にも三日にわざわざ顔を出してくれました」

「過去三十年、小林貢太郎は三箇日はどう過ごしていたのでしょうか」

「ほとんどは〝田園調布〟だったと思います。会社に呼びつけられたことはありましたが、晶子夫人は人が来るのを喜ばないほうでしたので」

「例外は筒井さんだけっていうわけですね」

「どうなんでしょうか。筒井君の場合もここ二、三年のことだと思いますが」

コーヒーカップがテーブルに置かれた。

それを口へ運びながら、本題に入ったな、と北野は思った。

「二十日付の大異動は、どう読めばよろしいのですか」

「筒井君は、いくらなんでも急ぎ過ぎです」

「小林色を一掃したがっている感じは、わたしにも分かります。晶子夫人が担保している。それが全てなんでしょうねぇ。深井さんを追い出す仕掛けぶりは敵ながらあっぱれでしたね」

「わたしは一杯食わされた口です。とんだ赤っ恥をかきました」

「違いますよ。深井さんは美和子さんと枝美子ちゃんに優しかったがために、〝田園調布〟の憎悪も強かったっていうことでしょう」

「研究会の株問題で筒井君は本気でわたしに牙《きば》を向けてきたと思われますか」

北野は小さく右手を振った。

「初めに落としどころありきだとわたしは思います。いつぞやも話しましたね」

「北原君は、深井と青木が組んで研究会を壊そうとしたとアナウンスしているようですが、北原君自身も筒井君に利用されてるんですかねぇ」

「そうとも言えますが、北原さんにとってそのほうが得なんですよ。神ならぬ人間はみんな自分が一番可愛いんです。問題はその度合いでしょう。人を憎むにしても、嫌うにしても、程度というものがあるんじゃないですか」

深井が右手をじゃんけんのパーにした。

「その前に北原君について言わせてください。北原君の存在は東邦食品工業にとっても、小林オーナーにとっても大きかったと思います。研究会の問題でむきになったわたしのほうが馬鹿でした」

「その話はもう終わっています。忘れないうちに話を続けますが、宗教絡みや戦争じゃあるまいし、憎しみの度合いをわきまえていないにもほどがあるのが、〝田園調布〟なんじゃないですか。上から見ても下から覗《のぞ》いても、右から見ても、左から見ても異常としか言いようがありません」

深井が小さく笑った。

「ただのわがまま娘が、そのままわがまま婆さんになっただけのことと取ったほうが分かりやすいと思います」

ミニサンドのバスケットがテーブルに並んだ。

順子と正子がどんな話をしているのかまでは分からなかったが、意気投合しているやに思われ、北野は嬉《うれ》しかった。

「北野さんに対する晶子夫人の感情論は、わたしに対するよりも大きいのでしょうねぇ」

豪華なミニサンドを頬張った北野は口をからっぽにするまで数秒要した。

「それはだいぶ違うと思いますよ。泉下の小林も『おまえのお陰で酷《ひど》い目にあったぞ』って嘆いているような気がしないでもありません」

深井もミニサンドを口へ運んだ。

「さすがにホテルのサンドイッチは美味《おい》しいですね」と言ったのは正子で、「ほんとう」と受けたのは順子だった。

「小林オーナーが北野さんを恨んでいるなんてことは考えられませんよ。恨むとしたら筒井君を推したわたしでしょう。『代替りが早過ぎる、おまえふざけるな』って、叫《わめ》かれているかもしれません」

「代替りを担保しているのは晶子夫人です。恨むんなら、〝田園調布〟だろうと言い返してやりたいのではありませんか。それにしても、お互い暇になってこうして集まって、恨み節を楽しんでいるのも小林のお陰であることは間違いない」

「小林オーナーあっての深井でした。小林オーナーのパワーには、いまさらながら驚かされます」

「それはお互いさまでしょう」

北野が極端に声量を落としたのは、深井を少したしなめたかったからだ。深井も小声になった。

「小林は代替りを予測していたと思いますか」

深井は窺《うかが》う眼で北野を見上げた。

「いいえ。怒り心頭に発しているんじゃないでしょうか。よく分かりませんが、タフな人でしたし、複雑な人でもありました。広告嫌い宣伝嫌いで、青木光一さんなどは何度もぶつかっていました。半面、研究好き、開発好きは度を越していたとも言えます。若い頃に昭栄化学のような大企業で学んだからでしょうか」

「小林のような大物は昭栄化学には一人もいませんでした。みんな小粒です。〝田園調布〟も大物なのかなぁ。未《いま》だに、美和子さんと枝美子ちゃんの存在を知らないふりで通しているんですからねぇ。東邦食品工業グループ全体で家族まで含めたら何万人いるんですか……」

北野は返事を待たずに続けた。

「わたしもそうですが、外部にも知っている人は大勢いますよ。それでも知らないで通せるのは只者《ただもの》とは思えない。凄《すご》みさえ感じます」

「凄み、ですか」

深井は溜息《ためいき》まじりに返した。

北野はコーヒーをひとすすりしてカップをソーサーに戻した。

「小林貢太郎の話に戻しましょう。そのほうが楽しいですよ」

「はい」

「小林は大物中の大物でした。東邦食品工業が総合食品メーカーとして、どれほど国家に寄与したか。メキシコを含めた海外展開でも実績を残しましたし、地球規模で絶大な貢献をしている。それでいながら小林は映像に出たことが一度もない。出たがり屋はいくらでもいます。日華食品の創業者はNHKでドラマ化されたり、プロジェクトなんとかに何度も出演している。プロデューサーを取り込んだのは見え見えです。一方、小林はNHKに限らず何度誘われても断り続けました」

「おっしゃるとおりです。元々広告嫌い宣伝嫌いなんですが、かなり親しくしている知人からテレビ出演を依頼された時は『吃音《きつおん》がある』を断る口実にあげていました」

「『ぼ、僕』を思い出しますよ。たしかにそれはあった。ところで、小林夫妻が海外旅行、国内旅行したことはあるんでしょうか」

深井は北野の唐突な質問に首をひねった。

「仕事一途《いちず》で超多忙な人でしたから、どうでしょうか。少なくとも海外旅行は皆無でしょう」

北野はハウステンボス旅行を自慢しようと、ふと思ったが、話が長くなるので気持ちを変えた。

「また恨み節になりましたね。葬儀の時の厭《いや》な眼を思い出しちゃったんです。ま、小林の笑顔も眼に浮かべましたのでご心配なく。笑顔の素晴らしさで小林に匹敵する人は、そうはいません」

「はい。われわれは怒られたり叱られたり、どなられたりのほうが圧倒的に多いと思うのですが、確かにあの笑顔で褒められたこともいっぱいあります」

「人間誰しも褒められると嬉しいですよ。いま、ふと思ったのですが……。こんな話をしていいのかなぁ」

北野は一瞬思案顔になったが、すぐにまっすぐ深井を見返した。

「小林が元気だったとして、わたしが携帯電話でこの場から呼びつけたら、どう出ますかねぇ」

「難しいお尋ねです。さっぱり分かりません」

「わたしは、『おまえなんか、どうでもいいけど奥方たちに会いに駆けつけよう』って言うような気がします」

北野は順子の視線を左頰に感じながら続けた。

「わたしに、小林と逆の立場はあり得ませんが、小林の夫婦連れはあったのでしょうか」

「社員の仲人《なこうど》を一、二度はやってると聞いています」

「初耳です。晶子さんを拝み倒すのに苦労したんじゃないですか。ツンと乙《おつ》に澄まして座っているだけでいいわけだから、拝み倒すは大袈裟《おおげさ》かもしれませんが」

「同感です」

「それは大袈裟なほう、のことですよねぇ」

「もちろんです」

話は果てしなく続いた。

二時間もコーヒーとサンドイッチだけで粘るのは忍びない。北野はふと思いついた。

「デザートを。わたしはバニラのアイスクリームをお願いしようか」

深井たち三人はフルーツだった。

「小林の長所をもう少し話してよろしいですか」

「どうぞどうぞ」

「人にものを頼まれた時に断らない男でしたね。できない、不可能と分かった時は手紙で返事をよこすほど気を遣う人でもありましたよ」

「北野さんも手紙を……」

「ええ。達筆で文章も上手でした。わたしなら電話一本でお仕舞いにします」

「北野さんも小林貢太郎と同じで、シャイでもあるのですねぇ。小林から何度も聞いています。『北野ほど面倒見の良い男を知らない。僕には遠慮していたが、頼まれたら断らず、学生さんに必ず面接して、これなら大丈夫と思ったら就職先をお世話した』と。そうではありませんか」

「中には眼鏡違いもいたかもしれません」

にやにやしながら北野は応じた。

「あなた、目下のところ一人もいませんよ。学生さんに同伴して就職希望先の責任ある立場の方に一緒にお目にかかったこともあります。手紙も書いていますよ。そのくせプライベートなことで自分の頼みごとは一切、致しませんでしたね」

北野は左ひじで順子を小突いた。

正子夫人の優しい目と合って、北野は一瞬下を向いた。

「小林オーナーの晶子夫人に対する気遣いは凄かったんじゃないでしょうか」

「わたしの気遣いを一としたら、小林は十、いや、それ以上かもしれません。増長しちゃうのも仕方がないか。小林にとって救いの拠《よ》りどころは美和子さんと枝美子ちゃんですよ」

「おっしゃるとおりです」

「美和子さんの性格は、素晴らしい。枝美子ちゃんの気の強さは小林のDNAでしょう」

「小林オーナーにとって、北野さんは救い主です」

「ハッハッハッハ」

北野が大笑いした。救い主とは〝恐れ入谷《いりや》の鬼子母神《きしもじん》〟だと思いながら。

3

JR横須賀線のグリーン車で、北野は何度も大きな伸びをしてから順子に上体を寄せた。

「まだまだ話し足りなかった。小林を失って淋《さび》しいのかなぁ」

「そのとおりよ。ただ、あなたは晶子さんを悪く言い過ぎます」

「そういう立場なんだから、どうしようもないな。言い足りないくらいだ」

「深井さんも、あなたもどうかしてますよ。正子さんも、呆《あき》れていました」

「二人掛かりで、ウォッチしてたのか」

「ウォッチなんかしていません。あなたがお酒を飲まなくても、おしゃべりできることが分かりました。それにしても素敵な奥さま。すっかりお友達になっちゃいました。落語とかお芝居がお好きなんですって。もう約束しちゃったの」

「ふうーん。深井さんは苦労をかけた奥さんに気を遣ってるんだね」

「電話のやりとりで、四人に決めてもらったことを、ほんとうにほんとうに感謝しています」

「それはよかったぁ。しかし毎日、毎晩テレビばかり観ている人の気が知れないな。新聞でも雑誌でも活字に接している人たちとの格差が生じるのは当然だよ」

「とんちんかんです。わたしは正子さんとお芝居を見に行く約束をしたまでです。でもチケットが取れるかどうか……」

北野が欠伸《あくび》まじりに言った。

「小林貢太郎で思い出したことが幾つかあるんだ。一つは旧制湘南中学のクラス会が年一回……」

「お花見でしょう」

「うん。小林が欠席した年、小林とゴルフ仲間のやつが面白おかしく話したんだ。渡《わた》辺勇次《なべゆうじ》っていうオーバーに話すやつなんだが、『5番アイアンを振り上げながら血相変えた小林に追いかけられた時はぶっ殺されると思った』なんて話すわけよ。つまり

OBすれすれの場所へボールを打った渡辺は確認するために走ったんだろう。それを小林は渡辺がOBを誤魔化すために走って行ったと勘違いしたらしい。わたしは小林の気の強さを知ってるので、その光景は想像できる。ゴルフをやらず、テニスに専念してよかったと、しみじみ思うよ。会えば必ず言い合いになるが、ゴルフコースでそれは困る」

「小林さんに限ってそんなことあるわけないわ。あなたはテニスでも四の五の言うほうですけど」

「いつだったか日本産業銀行の頭取と喧嘩《けんか》した話を思い出したわけだな」

「考え過ぎ」

短く返されたが、北野はくどかった。

「さっきホテルのトイレのツレションで、深井さんがしみじみ話していた。『チェック機能を果たせなくなったのは辛《つら》いことです』だったかなぁ。筒井節はやりたい放題、なにをやらかすか分からない。辣腕《らつわん》とは違う、さしたる能力の持ち主ではないトップなので心配でならない。研究会の株の問題などに首を突っ込んだ自分が恥ずかしい。そう繰り返し言ってたなぁ。だから、わたしも繰り返した。初めに落としどころありきだと。小林の広告嫌い宣伝嫌いが裏目に出て、東邦食品工業に対するメディアの関心度の低さが切ないとか言ってたよ」

「…………」

「組織力、経営能力でライバル企業との差は倍どころではない。これからぐんぐん引き離されて見下されることになるだろう。……おい眠ってるのか」

左肩が重かった。順子は居眠りしていたのだ。

北野の頭は冴《さ》えていた。

ものには限度がある。ほどほどをわきまえない筒井節はどこまで図に乗るのやら。

北野は自身のチェック機能について、思案をめぐらせた。限りなくゼロに近い。

東邦食品工業の株をほんのちょっぴり持っている。ただ、それだけのことだ。そうか。深井さんは、株を相当保有している筈《はず》だ。小林美和子と枝美子の顔が眼に浮かんだ。三人が力を合わせればどうなるだろうか。ＯＢ会の存在もカウントしていいだろう。

4

しつっこい、くど過ぎると思いながらも、北野は帰宅後ほどなく深井に電話をかけていた。

北野は挨拶《あいさつ》のあと、すぐ用件に入った。

「わたしも東邦食品工業の株をちょっぴり持っていますが、深井さんは、個人では大口株主なのではありませんか」

「とんでもない。大半は処分しました。きれいさっぱりというわけにはいきませんが」

「そうですか。奥さま孝行、奥方への思い遣《や》りのほうが強い。分かりますよ。しかし、深井さんにはカリスマ的な面があります。筒井節といえどもあなたの存在感は、無視できないでしょう」

「いや。無視されっぱなしです。先刻もいろいろ話しましたが、北野さんがおっしゃった〝落としどころ〟ですよ。目的はわたしの排除にあったのです。完敗したも同然ですので、沈黙しているしかありません」

「わたしは、妙なことを考えました。深井さんと美和子さん、枝美子さんの三人が一体になれば、〝田園調布〟に対抗できるのではないかと」

五秒ほど返事がなかった。北野は「もしもし」と呼びかけた。

「はい。失礼しました。噴き出しそうになったものですから」

「どうしてですか」

「パワーが違い過ぎます。所有株のボリュームもさることながら、晶子夫人はオーナー夫人なんです」

「しかし、東邦食品工業のことには無関心で一切口出ししないことで知られていましたよねぇ」

ふたたび「もしもし」と呼びかけた。

「どうも」

「なるほど」

「北野さん。なるほどってどういう意味なのですか」

「〝田園調布〟は会社のことでも無関心を装っていたような気がしたのです」

「わたしも、そんな気がしないでもありません」

「あなたを排除する知恵をつけたのは、筒井節に決まってますよ。ま、〝田園調布〟は飛びついたんでしょうね。ホテルでも言いましたが、二人はグルと考えるのが当たっているのでしょう」

「さっきは言いそびれましたが、オーナー夫人が優しい人でしたら、『社員の給与を引き上げなさい』と筒井君に進言したと思うのです。東邦食品工業は内部留保が厚すぎます。総合力では比較になりませんが、この点だけは日華食品よりも上なのです」

「口出ししない、無関心も、美和子さん、枝美子さんの存在を知らないで通しているのと同様で、装っていた、そういうことなんじゃないですか」

「ええ。そんな感じがしなくもありません」

「小林を亡くして、胸を撫《な》でおろしている節もあるんじゃないですか。だとすれば、わがままに拍車がかかりますね。係累ゼロはわがままの証《あかし》でもあります。死後、全てを会社に差し出すことになっているようですが、一部を児童福祉施設などに寄付してもよろしいかと思います。巨額と言っていいでしょう。わたしは会計士ですので、ここまで出かかっています」

北野は急いで受話器を左手に持ち替えて、右手を喉《のど》に当てていた。

「何桁《けた》とか口にしたいくらいです。小林貢太郎は〝田園調布〟の言いなりでしたからねぇ。繰り言になりますね」

「何度おっしゃってもよろしいのではありませんか。それが北野さんのお立場です」

「筒井節はおりこうさんでは決してないが、おバカさんでもない。ただし深井さんが推さなければ絶対に社長になれなかった。深井さんに恨み節を言わなければならないのは、わたしの辛いところです」

「甘受します。反省もしましょう。わたしに人物を見る眼がなかったのです」

「あなたを責めても詮《せん》ないことです」

「悔しいのは喧嘩を売られた時に、初めに落としどころありきに思いを致せなかった……。わたしはおバカさんの口ですよ」

言葉とは裏腹に、深井はさらっとしたもの言いだった。訴訟沙汰《ざた》になりかねないほど、張り切り過ぎたことを悔やんでいるのだろうか。そのお陰で、奥さん孝行どころではなくなった筈だ。ロスタイムは計り知れない。だが、訴訟沙汰に及んでいたらどうなっていたろうか――。

「深井さんは、それこそ東邦食品工業の救世主です。神様、仏様、深井様ですよ。いまふと思ったことですが、訴訟沙汰になったほうが良かったような気がします。愉快犯的発想で、われながら呆《あき》れ返ってもいるのですが、小林の広告嫌い宣伝嫌いによるメディアの認知度の低さは東邦食品工業ならではでしょう。特色と言ってもいいが、イメージ的には損失のほうが大きいと思うのです。事件にする手は確かにありましたね。喧嘩をふっかけたほうは、錚々《そうそう》たる弁護士たちが付いたのではありませんか。文書のやりとりを見れば分かる筈です」

「もちろんです」

「青木光一さんが止め男にならず、深井さん側に立って火を付けるほう、煽《あお》るほうに回っていれば、東邦食品工業に対するマスコミの関心度は一挙に上がっていたかもしれませんよ」

「〝北野先生〟、やっぱり愉快犯的発想ですね。マイナス・イメージのほうが大きくなります。麺《めん》などの商品が売れなくなりますよ」

「さあ、どうですか。東邦食品工業の麺は美味《おい》しいから売れるんじゃないですか。長期的に見ればマイナス・イメージなんてすっ飛んで、筒井節を引き摺《ず》り落とせます。

まともなＣＥＯが出現したと思いますが。ひょっとすると、ついでに〝田園調布〟を成敗できたかもしれませんよ。あの婆さんの世話を焼くために会社中が振り回されていると聞いてますが」

「近日中にまた〝北野先生〟とぜひお会いしたいです。最後に一つだけお尋ねしますが、東邦食品工業への外資系株主の増加ぶりをどう捉《とら》えていらっしゃいますか」

「Ｍ＆Ａ、敵対的買収まで意識するのは考え過ぎでしょう。個人株主にもっと眼を向けてもらいたいとは思いますが。これまた行き着く先は小林のＰＲ、ＩＲ嫌いです。それにしても筒井節は困った人だ。手に負えない、始末の悪いのがトップになってしまいましたね」

「先生の感情論が過ぎるということはありませんか」

「それはあります」

「お電話ありがとうございました」

「こちらこそ、どうも」

電話を切って、北野は回転椅子を回しながら、同時に欠伸《あくび》と伸びをしていた。

5

　順子が手ぐすね引いて待っていた。睨《にら》みつけられて、北野はふんとした顔を返した。

「なにか言いたそうだな」

「お水でも差し入れしようかと思ったのですが、無我夢中で話してましたのでやめました。おしゃべり好きは男性も女性も同じですね」

「当たりまえだ。ビールでも飲むか」

　北野は長椅子にでんと腰を落とした。時計を見ると午後六時に近かった。

「はい。どうぞ」

〝スーパードライ〟の三百五十ミリリットル缶とグラスが運ばれてきた。

　北野は缶を開けて、グラスを満たすなり、一気に飲んだ。

「冬でもビールは旨《うま》い。美味しい」

「ネクタイは外してますが、スーツも着替えたらいかが」

「分かった」

　北野は二階に戻って急いでセーターとズボンに着替え、デスク上のメモを手にした。

「深井さんに先生なんて呼ばれて参ったよ」

「初めてですか」

「うん。公認会計士でもあるから仕方ないとも思うけどねぇ」

「悪い気がしてるのかしら」

「分からん。一部の代議士や参議院議員が〝先生〟だけじゃ顔をしかめ、先生様と呼ばないと厭《いや》な顔をすると誰かに聞いた覚えがあるな。しかし国家試験をパスしたのは山ほどいる。いちいち先生はないと思う」

「深井さんがあなたを先生と呼んだこと、なにか身に覚えはあるの」

「ある。おくびにも出してはいけなかった。研究会問題で裁判沙汰にしてれば、東邦食品工業に対するメディア、マスコミの認知度・関心度が上がるなんて阿呆《あほう》なことを口にしてしまった」

「ひどいことを。〝先生〟はやはり皮肉なんですね。天国で小林貢太郎さんが嘆いてますよ。多血質は、小林さんもあなたも一緒ですけど」

「立場をわきまえなさい、と自分に言いたい。だがねぇ。そうなれば筒井節も〝田園調布〟も確実に退治できたろうな。深井さんにしても、青木さんにしてもシャイなんだ。間違いなく小林の遺伝子だ。今の電話でも落としどころの話が出たが、深井さんはカリスマ性のほうをもっともっと出すべきだったと思う。ファイティング・ポーズで終わったに等しい。北原さんとの三時間に及ぶ激論後、電話をかけてくれてたら、わたしはどう出たのかなぁ。深井さんを焚《た》きつけたと思う。深井さんの怒りの度合いもちょっとやそっとのものではなかったと思うが」

「正子さんが悲しんでいました。事務所まで構えたそうですよ。『いい加減にしてください』って大きな声を出したと、おっしゃっていました」

「聞いている」

北野の声が小さくなった。実は初耳だったからだ。

「青木さんっていう方に、助け舟を出してくださいと頼んだのも正子さんかも」

「正子さんがそう言ったのか」

「いいえ」

「ひと言多い口だな」

「裁判沙汰に比べれば、どうなんですか」

「それもひと言多いぞ。ファイティング・ポーズは撤回する。リングに上がったが、一ラウンドで終わった。深井さんは嵌《は》められたと言えば言い過ぎになるけどね。シャイでいながら、強気でもある。小林とそっくりだ」

「あなたも負けてませんよ」

「否定しないし、できない。三人共、多血質だしなぁ」

北野は、〝怪文書〟の一件を思い出していた。

泣きべそをかいたような顔で小さくなっている小林に、せっかくなけなしの知恵を絞って、告白するように言い含め、晶子宛ての手紙まで書いて手渡したのに、小林は踏み込めなかった。

「怖くて話せなかった」と小林は電話で話していたが、晶子のほうが遥《はる》かにしたたかだったのだ。

なかったことにしたほうが得だと考えたに相違ない。かくまで水臭い夫婦も珍しい。

〝怪文書〟は未《いま》だに小林のデスクの中に仕舞われたままなのだろうか。それとも切刻まれて紙屑《かみくず》かごに捨てられてしまったのか。

北野は例の手紙を宝物でもあるかのように保管していた。密封したままだ。宝物は大袈裟《おおげさ》だが、捨てる気になれない。

順子に見せたい衝動に駆られたが、北野は思いとどまった。

自分が小林の立場に立たされたら、どう出たろうか。

『このとおりだよ。きみは先刻承知のことだが、開き直るしかないと思う』

『開き直れば済む話じゃないでしょ』

『謝る。ひたすらお詫《わ》びする』

『子供たちに話すんですか』

『いずれにしろ隠し通せるわけがないのだから、オープンにするしかないだろう』

『わたしも傷ついています。子供たちも傷つくことでしょう』

『身から出た錆《さび》としか言いようがない。愚かにもほどがあるな。子供たちにも謝るとしよう』

『およしなさい。わたしから話します。二人共、男の子でよかった。水に流すとまでは言わないでしょうが、聞かなかったことにするぐらいのことで収まるかもね。それとも異母妹に会いたいって言うかしら』

『そんな気がする』

北野は頭の中で順子と架空対話をして思わずほくそ笑んだ。

「思い出し笑いですか」

順子は見逃さなかった。

「小林さんとのことですか。それとも深井さん」

「まあ、そんなところだ」

「わたし思うの。小林さんが仕事に夢中というか集中できたのは、美和子さんと枝美子ちゃんのお陰なんじゃないかって」

順子はいつの間にかインスタントのコーヒーを飲んでいた。

「お二人と晶子さんの複雑な綱引きの中で、小林さんにとって仕事は心身共に救いになっていたと思うの。働き詰めに働いて、あっという間に他界されてしまった。小林さんは人生を目いっぱい楽しんだ気がしてならないわ」

「身勝手にもほどがあると思わないでもないが、おまえの思いは分かるな。こっちはまだ小林への未練が尽きない。寂寥《せきりょう》感は募る一方だ」

「亡くなってまだ五か月ですもの。当然ですよ。話は変わりますが、枝美子ちゃんのことが話題になったの。お正月の三日に深井家にいらした時、結婚とかボーイフレンドのことを正子さんが訊《き》いたところ、『ボーイフレンドは数人いますが、親密なのはむろん一人です。二、三年後に結婚するつもりです』ってはっきり応《こた》えたそうですよ」

「そうか。枝美子ちゃんも三十路《みそじ》になるんだものなぁ。良縁に恵まれたってことだな」

順子が少しきっとした眼で北野を見上げた。

「もうちょっと、ちょっとでいいから話をさせて。正子さんはごくごく自然体で枝美子ちゃんと対話ができるの。いつも一歩引いた感じの正子さんに焼き餅《もち》を焼きたくなったくらいよ。枝美子ちゃんを取られたと言ったらオーバーですけど」

「そこまで分かってるきみも立派じゃないか」

北野は他人《ひと》前では『おまえ』ではなく『きみ』と呼ぶようにしていた。二人だけで『きみ』が出るのは、一目置いたからだろう。

「枝美子先生は循環器内科ですが、フィアンセは小児科で、小児白血病が専門ですって」

「つまり社内結婚みたいなものだな。小林は社内結婚についてはネガティブだった。イージー過ぎるとか言って」

「お医者さまの世界と比較するほうがおかしいですよ」

「うん」

北野は気のない返事をしたが、楽しみが一つ増えたと思わぬでもなかった。

6

二月六日午後二時十分過ぎに、丸田三郎総務部長に宮崎弥生秘書から電話がかかった。

「会長がお呼びです」

「分かりました。すぐ参ります」

宮崎弥生より十二年先輩の森井緑秘書は、小林晶子専任になり、出社するのは一週間に一、二度、それもごく短時間だった。森井緑の後任は短大を出て二年目の飯塚《いいづか》ひかりである。飯塚も、会長担当だ。

会長専用の応接室で、筒井と丸田が向かい合った。かつて小林貢太郎が使っていた部屋だ。執務室も然《しか》りである。筒井の専用になった。作業着も変わらない。

「丸田も実質〝本部長〟だ。貫禄《かんろく》が出てきたなぁ」

「恐れ入ります」

「本部制への移行は、社内でどんな感じで受け止められてるんだ」

「非常にモチベーションを上げたのではないでしょうか。〝ヤル気と誠意〟のパワーアップになったことは確かだと思います」

「記念碑にまだぶつくさ言ってるのがおるのか」

「まったくございません。それと〝山晴効果《やまはる》〟は絶大だったと存じます」

「同期の一選抜中の一選抜が大阪へ出されたのが、そんなに嬉《うれ》しいのかね。山本晴彦が大阪の営業で結果を出せば、東京に戻さざるを得んだろう。それが分からんようじゃ、総務部長は務まらんかもなぁ」

筒井はジロッとした眼をくれた。もらったほうは背筋がぞくっとなった。

「失礼しました」

〝山晴効果〟は内々ではなく、少なくとも本社では広く伝わっている。筒井に聞こえて当然だ。只《ただ》のバカ殿でもないかもしれない、と丸田が思ったのは、だいぶ後のことだ。いま現在は膝小僧《ひざこぞう》がふるえていた。

「〝山晴効果〟ねぇ。違うだろう。いっとう効いたのは記念碑だ。〝筒井節〟のネーミングが大当たりしたんだよ」

「はい。おっしゃるとおりです」

筒井がセンターテーブルの上に載せてある新聞の束に眼を向けて、顎《あご》をしゃくった。

「読広新聞を読んだか」

「はい」

丸田は厭《いや》な予感がし、胸が騒いだ。果たせるかな筒井が険しい表情になった。

「読広新聞に小田雄造がでっかく出ていたが、おまえがアレンジしたんだろう」

丸田は黙って頷《うなず》いた。

読広新聞経済部記者から、コラムのインタビュー依頼を受けたのは、松山理恵子次長である。

相談された時、「喜んでお受けする、でいいんじゃないの。ウチあたりの企業で、共同記者会見はあり得ないしなぁ」と丸田は松山理恵子に応えた。

新社長の小田には丸田が伝えた。

「いかがでしょうか」

「喜んで受けるって応えたんなら、それでよろしい」

小田は平然としているようで、どこか嬉しそうだった。

「インタビュー記事はチェックさせてもらえるのかね」

「全国紙で、いや週刊誌でも、経済誌でもあり得ないと思います」

「そういうものなんだろうな。ま、へまはしない。任せとけ」

「それでは日時などについて社長のご都合をお聞かせください」

「挨拶回《あいさつまわ》りで超多忙だが、インタビューを最優先する」

「承りました」

丸田は、小田とのやりとりを思い出しながら、筒井に向かって低頭した。

「会長に連絡しなかった至らなさを恥じ入っています。申し訳ありませんでした」

「小田に言っておけ。大きな顔して出るんじゃないって。俺の立場を少しでもわきまえてたら、あんな偉そうな話はできねぇだろう。研究開発への投下資金ではどこにも負けないとか、しゃべくってたなぁ。社長になれたのは誰のお陰なのか全然分かってないじゃねぇか」

総務部長にここまで言うか。バカ会長が、と肚《はら》では毒づきながらも、丸田はずっと頭を下げていた。

「これだけ言われれば、おまえも少しは応えるだろうが。松山にも伝えろ。連絡は密にしろって言っといたのに、なんてざまだ」

「申し伝えます」

丸田は下を向いたまま応えた。男の嫉妬《しっと》ほどたちの悪いものはないとはよく言われることだ。読広新聞のコラム一つで、さっそくこれでは、この先が思いやられる。たまったものではない。やはり小田社長に伝える必要がありそうだ。問題は伝え方だが。

「丸田に一つ仕事をやろうか」

「は、はい」

丸田の緊張感は頂点に達していた。

「少し肩の力を抜けや」

「はい」

「あのなぁ。一階のデッドスペースが気にならないほうがどうかしていると思うんだが」

「…………」

「受付を残すのは当たり前だが、あとは応接室と小さな会議室にしたらいいな。代表取締役会長の俺が言い出すのも、なんだか変だろう。おまえが……。そうだなぁ、広報本部長あたりに言いつけたらいいな。常務会の議案にするような問題じゃあない。雑談で俺が話すのがいいだろう」

「承知しました」

東邦食品工業の取締役広報本部長は長谷川《はせがわ》隆史《たかし》である。

丸田は松山理恵子に何も話さず、独りで動き回った。

一階の改装は二か月後に実現した。

常務会で、筒井は「誰のアイディアか知らんが、非常に良くなったと思うな」と、嬉しそうに宣《のたま》った。もちろん事後のことだ。事前には雑談でも口にしなかった。

丸田は「会長のアイディアです」と誰かれなしに打ち明けていた。

「それはいい。常務会で会長は自慢するに決まっているな」と誰しも前向きだった。

筒井は口に出したくてむずむずしたが、話さなかった。改装後の会長発言に常務会のメンバーは顔を見合わせながら、どう対応すべきか思案をめぐらせたが、「常務会マターの問題で、会長と社長が何もおっしゃらなかったのは不可解です」と冗談ともなく発言したのは岩瀬一人だけだった。

「あの程度の問題で常務会マターはなかろうぜ。広報本部の独走かもしれないが、事後承諾でよろしい。よくやったと褒めてやりたいくらいだ」

筒井はにやにやしながら、そらっとぼけた。自画自賛に等しい。ほとんどのメンバーは先刻承知だった。

岩瀬が筒井に笑顔を向けた。

「わたしは広報本部長からも総務部長からも、会長が『デッドスペースをほったらかしにするのは勿体《もったい》ない』とか呟《つぶや》かれたと聞いております。会長が常務会でいつ言われるのか楽しみにしておりました」

「そんなことは、いちいち覚えておらんよ」

筒井はなおもとぼけた。

「謙譲の美徳ですか。結果オーライで良かったですよ」

小田雄造社長の発言で終止符が打たれた。

小田は丸田から読広新聞のインタビュー記事のことで、筒井が四の五の言ったと聞かされて多少は根に持っていた。それこそこの程度のことで嫉妬されたら、社長などやってられない。なにをか言わんやだ。

丸田が慎重に言葉を選んで、小田に伝えた。

そのときのやりとりは、こんなふうだった。

「会長のお耳に入れるべきだったと反省しております。わたしは、会社のPRにもなりますので、会長に褒めていただけるとばかり思っていたのですが、前もって知らされなかったのですから、会長が気になさるのは当然と思わなければいけないんで」

「なにを考えてるんだ。これしきのことでつべこべ言うほうがどうかしている。わたしが会長になにか弁解するようなことはあり得ない。会長の存在を気にしていたら、仕事が進まんよ。常務会でも岩瀬君以外は会長に追従《ついしょう》を言う者ばっかりだ。丸田もこんな瑣末《さまつ》なことを気にするんじゃないぞ」

「はい」

丸田は頷いたが、果たしてそうだろうかと、内心は小田の言動に懐疑的だった。もっと踏み込んで言えば、CEOの会長の存在に思いを致さないほうがどうかしている。総務部長の立場も分かって欲しい。会長と社長が些細《ささい》なことでぶつからなければいいが。

社長には一歩引くところがあってよい。営業一筋の実績が輝いているとしても、CEOは筒井会長なのだから——。

丸田は祈るような思いで、五階の社長執務室を後にした。

最終章　記念碑の前で

1

「東邦食品工業総務部次長の松山と申しますが、小林さんですか」

ハスキーというよりガラガラ声の女性だった。小林美和子が中目黒の自宅マンションで電話に出たのは平成十八（二〇〇六）年八月十一日の正午である。

「はい。小林ですが」

「小林相談役が亡くなって、一年になりますが、来週十八日の午後二時に会長の筒井が本社にお越し願えないかと申しております。いかがでしょうか」

「ご用向きは何でしょう。その日は小林の一周忌ですが、会社でなにか祭祀《さいし》のようなことを……」

「そういうことではありません。相談役が亡くなって丸一年経ちますので、会長室にそのまま保存されている相談役の私物をお引き取り願いたいのです。できることならお嬢さんにもご一緒していただきたいと会長は申しております」

ずいぶんと居丈高かつ押しつけがましい電話だった。

「娘の都合もありますので、来週早々に折り返し電話を差し上げます。失礼します」

美和子は気丈に言い返し、静かに受話器を戻した。

小林貢太郎の遺骨は、仏壇の骨壺《こつつぼ》に納まっている。

美和子は、チンと鳴らしてから線香二本を取り、マッチで火を点《つ》けて立てた。

「南無阿弥陀仏《なむあみだぶつ》、南無阿弥陀仏、南無阿弥陀仏」

気持ちが平静になったところで、枝美子の携帯電話の番号を押した。留守電だったが三分後に折り返してきた。

「もしもしお母さん、枝美子です」

「忙しいんでしょ。ごめんなさいね、急用があるの」

「電話で話せないの」

「ちょっと込み入った相談がしたいのだけれど」

「今夜じゃなければいけない？」

「いいえ。一両日中で結構よ」

「じゃあ、あした行きます。久方ぶりに泊めてもらうわ。遅くなるけど夕食をお願いします。九時頃かなぁ」

「ありがとうございます」

「なんだか馬鹿丁寧な返事ね」

「そうかしら」

翌日の夜、枝美子は八時五十分に現れた。半袖《はんそで》のポロシャツにジーンズ、大きめのトートバッグを肩にかけていた。

枝美子は、食事を摂《と》りながら美和子の話を聞いて「本来なら本妻さんの出番だと思うけど、知らないことになっているんだから、しょうがないのかなぁ。わたくしも行くようにします」と、あっさり結論を出した。

「お父さんの私物って、どのくらいあると思う。見当はつかないの？」

「まったく分からない」

「お母さんにもわたくしにも、分かりっこないわね。まさか小型トラックを用意するほどのことはないと思うけど。どうせ、碌《ろく》でもないものばっかりだから、塵芥《ちりあくた》の類いと考えて思い切って捨てることが肝要なんじゃないかなぁ」

「あなたはそんなふうに割り切れるのねぇ。考えてもご覧なさい。このウチにお父さんの遺品はなに一つないのよ」

「確かに分骨の遺骨だけですか。お位牌《いはい》もありませんね」

枝美子は首をすくめて続けた。

「〝田園調布〟には山ほどあるのかしら。お父さんを大切に、大事にした人じゃないというのが専らの評判でしょう。それが事実だとしたら、ほとんど処分されちゃったかも」

「さあ、どうなのかしら」

「どのみち、知らないこと、知らなかったことにしている立場は凄《すご》いと思う。只者《ただもの》じゃないとか噂されるのも当たりまえなのかもしれないわね」

「わたしたちは小林貢太郎に関する限り日陰の身ですよ」

「旧《ふる》い旧い。わたくしはプラス志向なので、ずっと向日葵《ひまわり》ぐらいに思っています。〝田園調布〟へ大手を振って、『小林貢太郎の実子です』って名乗り出たいくらいなんですけど。戸籍謄本見せたら、知らぬ存ぜぬで通せるわけないでしょう」

「あなたの強気はお父さん譲りですけど、それだけは勘弁して。北野の小父《おじ》さまに相談してからの話ですよ」

美和子は真顔で訴えるように話した。枝美子が幾度も首を傾げた。

「総務部次長を通じて、筒井会長に呼び付けられるような話なのかしら。ひょっとすると、それこそ北野の小父さまに事前に相談すべきなのかもしれませんよ。虫が知らせるとも違うけど、なにかあるような気がするな」

美和子も眉《まゆ》をひそめた。

「例えば、どういうことかしら」

「分かったら苦労しません。なんせ筒井節っていう人をお父さんが嫌っていたという話を聞いた覚えがあるの。ずる賢くて今じゃ東邦食品工業の二代目オーナーみたいに振る舞って、相当なワルとかタマとか言われてるんでしょう」


八月十五日、終戦記念日の正午に、美和子は松山理恵子総務部次長に電話をかけた。

「小林です。先日はお電話を頂戴《ちょうだい》し、ありがとうございました」

「筒井会長の秘書役の立場で連絡したまでです。どういうことになりましたか」

「娘ともども十八日午後二時に伺います。小林の私物とはどの程度の分量なのですか」

「タクシーで充分ですよ」

「私物以外になにかあるのですか」

「あるかもしれません。よく分かりませんが、会長から直接聞いてもらうのがいいと思います」

「そうしますと、どなたかに立ち会って下さるようにお願いしたほうがよろしいでしょうか」

「会長は小林美和子さんと枝美子さんと言っているのです。二人で来てください」

電話が切れた。ぶしつけにもほどがある。

三日前、枝美子と綿密に打ち合わせし、「です・ます調でも丁寧な言葉遣いにしてはならない」と決めて電話したが、松山理恵子はそんな程度ではない酷《ひど》い口調である。つまり、筒井会長の命令に従えと言わんばかりではないか。

2

美和子はすぐさま北野久の携帯電話を呼び出した。

北野は笑いながら応じた。

「女性の総務部次長ですか。それにしても生意気な人ですねぇ。美和子さんがそこまで言うのは余程のことですよ。血が騒ぐっていう感じです」

「枝美子が何かあるかもしれないなどと申しましたので」

「そうかもしれないが、とりあえず貢太郎さんの私物をお二人で受け取りに本社へ行って、筒井節に会ったらよろしいでしょう。何を言われても、聞きおくという態度で臨んだらどうでしょうか」

「筒井さんは、何が言いたいのでしょうか」

「お二人が所有している東邦食品工業の株を巻き上げたい、取り上げたいと考えている節もなくはない。強欲な人、我欲の強い人でもある。内部留保をもっともっと厚くしたがってるような気もします」

「そうしなければいけませんの？」

「ご冗談でしょう。〝田園調布〟は株を含めた私財、資産の一切合切を没後、東邦食品工業に献上するそうですが、だからといって、同じ真似をあなた方に強要、強制できるわけがないでしょう。小林の面倒をまったく見なかったとまでは言いませんが、東邦食品工業の女性社員たちをお手伝いさん代わりに使っているとも聞いています。あなたたちは〝田園調布〟の十倍は所有していても、なんら不思議じゃない。枝美子ちゃんは小林の遺伝子を唯一受け継いだんです。東邦食品工業の本社へ行ったことがあるのですか」

「いいえ。一度もございません」

「だったら堂々と乗り込んだらよろしい。ついでに屋上の〝記念碑〟も見学したらどうですか」

「ふふふっ」

「なにがおかしいの」

「枝美子が同じようなことを申しましたので」

「へえー。でも一般的にお医者さんは世間知らずな面がないでもない。枝美子ちゃんだけを頼ってはいけませんよ。僭越《せんえつ》ながら、なにかあったらこの北野久にお任せください。なんなら、北野久公認会計士に一任していると伝えてもらってもいいですよ」

「北野さまには本当に本当にお世話になりっぱなしで、心苦しく思っています」

「なにをおっしゃるか。わたしはお二人の後見人ですから、責任と義務があるんです。ただ、それだけのことですよ」

　北野のもの言いはくだけたままだった。

　だが、そうは言ったものの、ここは深井に確認する必要がある。

　北野はその夜、自宅から深井に電話をかけた。

「公正証書になっていますので、おっしゃるとおり美和子さんたちに心配はありません。晶子夫人のほうが十倍以上なんじゃないでしょうか。株の所有権だけではないんですよ。令夫人のパワーは常識では考えられません」

「その人に担保されている筒井さんのパワーも半端じゃないですね」

　深井との長電話は仕方がなかった。気が合う、友人との思いが強いからだ。

「繰り返しますが、公正証書が存在するのは当然でしょう。それでもなおかつ取り上げようとするんじゃないですか。本妻さんを見習えとかなんとか言って。感情論としてはそうに決まってますよ。筒井氏の手柄にもなることです。〝田園調布〟が喜ぶ。ヒラメどもも喝采《かっさい》を贈らざるを得ませんねぇ。頑張ったのが一人だけいましたか」

「山本晴彦君は東南アジアの合弁会社に飛ばされたと聞いています。北原君あたりは当人の切望によるなどとしきりにアナウンスしてるみたいですが、どうなんでしょうか」

「大阪に置いておくのも目障りだとおっしゃりたいわけですね。見せしめ的人事でしょう。合弁会社ってなんですか」

「味元さんとの50－50の会社ですが、食品業界で強力な味元さんは、販売を担当するだけですから、リスクは小さいと思います」

「なるほど。東邦食品工業は設備投資のすべてを押しつけられたわけですね。リスクを取らされたも同然ですか。筒井節の見栄《みえ》もあるんでしょう」

「見栄っ張りは事実です。そういう人を社長に推したわたしの責任は重かつ大です。不徳の致すところ。不明を恥じるとしか言いようがありません。北野先生になにを言われても、ただただ頭を下げるだけです」

　先回りされたなと、北野は思った。ここは言い返すしかない。

「深井さんとの仲で、〝先生〟は厭味《いやみ》です。それにしても、山本さんは気の毒ですね。サラリーマン社会でトップなりオーナーなりに逆らって生き残れるのはごくごく限られていますが。深井さんはそのお一人でしたね」

「やはり東邦食品工業は二流企業です。筒井君がなにをどうしようが、決してマスコミに取り沙汰《ざた》されないのですから」

「その点は分かります。が、依然としてエクセレントカンパニーですし知名度も昭栄化学より遥《はる》かに上位です。そう言えば小林貢太郎がそうでしたが、東邦食品工業は皆さんシャイ、ナイーブであり過ぎますよ」

「恐れ入ります。ただ、山本くんはシャイでもナイーブでもありません。味元マンに対抗できる数少ない人材の一人です。不平等契約だと見抜いたのも山本君です。北原君のアナウンスも事実で、その効果を期待しているのかもしれませんよ。筒井君は体力抜群ですし、人の顔色を見る天才ですが、筒井時代が未来永劫《えいごう》続く訳でもないでしょう。筒井性悪説を今ごろ言っても〝遅かりし由良之助《ゆらのすけ》〟であることは分かっておりますが……」

まだまだ話は続いた。

3

小林母娘《おやこ》は八月十八日午後二時、スーツ姿で東邦食品工業の本社ビルに筒井を訪ねた。受付で用向きを伝えると二分後に取締役総務部長の丸田三郎と同次長の松山理恵子が現れて応接室で名刺を出した。枝美子もハンドバッグから名刺入れを取り出した。

名刺を交わすなり、丸田が言った。

「防衛医大病院の先生ですか」

「先代も理系でした。血筋ですね」

しゃがれ声の中年女は意地悪そうで、眼尻《めじり》に険があった。

「父が生涯をかけて築いた東邦食品工業の本社に初めて伺うことができまして嬉《うれ》しく思います」

医師は世間知らずだと北野から言われたが、予想以上に世故にたけている娘を母親は頼もしく思った。

「旧相談役執務室、現在は会長執務室と専用応接室に先代の私物が元のまま置いてありますので、参りましょう」

丸田はつくり笑いを浮かべ、中腰になった。

六階の会長室は、二人が予想していたより手狭なのでびっくりした。専用応接室とセットと考えれば納得できないこともない。

小林貢太郎の私物で最も多かったのは書籍類だった。それも食品化学、化学工業に関する専門書がほとんどだ。あとは大学ノートが十数冊。日記兼メモ帳で、枝美子が一冊を手にしてパラパラやると、ところどころに日付が確認できた。驚くほど几帳面《きちょうめん》な字だ。達筆とも言える。

眼を潤ませている美和子を尻目《しりめ》に、枝美子はてきぱきと作業を進めた。

作業着が数着、クリーニングされて畳まれてあった。ジャケットとネクタイにワイシャツ。ゴルフのパターと帽子にゴルフボール。ウォーキングシューズ等々を段ボール箱三個に収納した。

一段落したので応接室に移って、四人は冷たい麦茶を飲んだ。

「会長執務室の絵画三点と、応接室の絵画二点は会社で購入したもので先代の私物ではありません」

丸田に言われるまでもなく、美和子はとうに気づいていた。東山魁夷《ひがしやまかいい》の静物、横山《よこやま》大観《たいかん》の富嶽《ふがく》は枝美子にも分かったが、父の私物と聞いた記憶があった。美和子も然《しか》りだが、反論する気にはなれなかった。

「筒井会長にお目にかかれると聞いておりましたが」

美和子の質問に、丸田と松山は顔を見合わせた。

松山が丸田に眼で促されて、美和子を凝視した。

「オーナー夫人の晶子さまに呼ばれまして外出中です。のっぴきならない用向きがあったのでしょう」

「間もなく社長の小田がご挨拶《あいさつ》に参りますので少々お待ちください」

丸田が口添えし、わざとらしくもじもじしながら続けた。

「晶子夫人は、お元気なうちに所有株の大半を返上するような意向と聞いています。あなた方も個人では東邦食品工業の大株主ですが、同じお気持ちにはなれませんか」

「全部なんて求めていませんよ。半分ぐらいでどうでしょうか。中目黒の大きな自宅マンションを含めて先代には手厚く保護されたと聞いていますけど」

「総務部長さまと次長さまに呼びつけられて、このようなお話を伺うとは夢にも思いませんでした。然るべき方に相談いたします。なるべく早くお返事をしたいと存じます」

美和子の毅然《きぜん》とした態度に、枝美子の頰がゆるんだ。『むろんノーに決まっています』と言いたいのを抑制できた。

ふざけたことをよくもまあぬけぬけと。わたしは、小林貢太郎の実子であり、母はいわゆる愛人だとしても、生涯父に愛情を注いだ女性なのですよ、と言うべきかもしれない。非常識で礼儀知らずにもほどがある。

そう思いながらも、枝美子はなぜか二人に笑顔を向けていた。眼前の二人はただのお使いに過ぎないと思ったからだ。

4

ノックの音が聞こえ、小田雄造が顔を出した。肩がいかつい。朴訥《ぼくとつ》な感じがする。

二人共、好感を覚えた。

「初めまして、小田と申します。本日はご苦労さまです。荷物が多くて驚かれたでしょう」

小田は丸田と松山に眼を遣《や》って、「会長は?」と訊《き》いた。

「急用で外出されました」

「先刻、森井秘書から、ご挨拶に伺うよう伝えられたんだ」

小田は四人が斜めに見えるソファーに腰をおろした。

「お忙しい中を恐縮至極です」

「ありがとうございます。小林枝美子と申します」

枝美子は再び起立して、小田に名刺を差し出した。小田も起立して名刺を出した。

「立派になられましたねぇ」

「失礼ながら会社に診療所はないのでしょうか」

「ありません」

「あったほうがよろしいと思いますが」

「まあねぇ」

「その時はぜひともお声をかけてください。わたくしは創業者のDNAを受け継いでいます」

「なるほど」

「もう一つお願いしてよろしいでしょうか」

「はい」

「屋上の記念碑を見学させて下さい。きょうは父の一周忌でもありますので」

「どうぞどうぞ。わたしが案内させてもらいます」

美和子は枝美子と小田のやりとりを微笑ましく聞いていたが、渋面の丸田と松山に気づかなかった。

枝美子はその気配を察していた。

宮崎弥生がアイスティーを運んできた。

二人は会釈して、「いただきます」と言って、ストローですすりあげたが、小田、丸田、松山の三人はグラスを摑《つか》んで、一気に飲み干した。

「きみたち、もういいよ」

「お供させていただきます」

「わたくしも」

「きみたち、いつも繋《つな》がっているのかね」

小田は厭《いや》な顔をしたが、二人はどこ吹く風で、「大切なお客さまですので」と言って松山は笑顔までこしらえた。

丸田と松山は屋上でも平静だったが、小田は表情を引き締め、腕組みして〝ヤル気と誠意〟〝筒井節〟の記念碑に見入った。

「わたしは二回目ですが、美和子さんと枝美子さんのご感想はいかがですか」

「〝ヤル気と誠意〟は社是と聞いています。父がよく口にしていたフレーズでもあるのですから……」

枝美子は屈《かが》み込んで〝筒井節〟を掌《て》で押さえつけて続けた。

「ここは〝小林貢太郎〟だと思いますが。草葉の陰で父は慟哭《どうこく》してると思います。筒井会長の勘違いにはびっくり仰天です」

「あなた」

美和子は屈んで、枝美子をたしなめた。母を見上げた娘の瞳《ひとみ》が潤んでいた。美和子も胸が熱くなり、眼尻の涙をそっと拭《ふ》いた。

小田が枝美子に並びかけた。

「違和感を覚えた役員、社員はいっぱいいます。ここにいる二人もそうだと思いますよ」

小田に眼を向けられた二人があいまいに頷《うなず》いた。

「社長さまもですか」

枝美子は背筋を伸ばして、小田をじっと見た。

「わたしは、筒井会長が常務会で〃ヤル気と誠意〃の社是を記念碑にしたいと発言した時に真っ先に賛成した手前、偉そうなことは言えません。しかし、違和感がなかったと言えば嘘になります。違和感はありました。〃ヤル気と誠意〃は小林貢太郎オーナーの言葉です。今でもオーナーの笑顔が思い出されてなりません。叱咤《しった》激励された時の厳しい顔も眼に浮かびます」

「ありがとうございます。小田社長さまのお話をお聞きして、わたくしはほんの少々ですけれど、気持ちが晴れました。晴れは矛盾していますね。薄曇りでしょうか。筒井会長さまに父の一周忌の日におけるわたくしの感想をお伝えくださいませ」

「娘がいろいろ申しまして、大変失礼致しました」

「いやあ。お二人にお会いできて光栄です。小林先生はご立派、お見事です」

「わたくしの多血質は父親譲りですので、父に免じてご容赦ください」

「あなた、なんですか」

枝美子は、美和子には眼もくれず、笑顔を小田に向けた。

「子供心にも、働き詰めに働く父の背中を見ていて反発したものですが、小林貢太郎の後継者を目指す方法もあったように思います」

「なんとも返事を致しかねます」

「知らないふりを装いながら本妻さんが見張っているので、無理難題ですって社長さまのお顔に書いてあります」

「いやいやぁ」

小田は言葉を濁した。

「小林先生が防衛医大に合格した時、小林オーナーは社内で自慢したくてしたくて我慢するのに大変だったようです。深井さんと北原さんには嬉《うれ》しそうに話したとお二人から聞き及んでおります」

「東大、京大、阪大、慶應《けいおう》の全国区レベルならいざ知らず、恥ずかしいです」

「先生のお父上はタカ派でした。東大や京大の医学部より嬉しかったんじゃないですか」

「そうでしょうか」

枝美子はちょっとはにかんだ。もちろん嬉しい。ほんの少し、父を喜ばせてあげようと思ったことは確かである。

丸田も松山も終始無言で通した。枝美子は二人とは眼を合わせもしなかった。

「わたしの車を玄関前に待たせていますので、お使いください」

「お言葉に甘えさせていただきます」

応えたのは枝美子で、美和子は無言で深々と頭を下げた。

二人を見送ったあとで、小田が丸田に命じた。

「きょうのことは、丸田が会長に報告しなさい。きみは不満そうだな」

松山はツンとした顔になった。

「とんでもない。ただ、わたしは社長から会長に話されたほうがよろしいと思いますが」

「屋上でのことはそれでもよろしい。だが、ほかにもなにかあったんじゃないのかね」

「分かりました。全部、わたしが会長に話します」

「包み隠さず、ニュアンスも含めて報告したらいいな」

「かしこまりました」

丸田が低頭した。

松山はつくり笑いを浮かべていた。

5

美和子と枝美子が地下鉄銀座《ぎんざ》線外苑前《がいえんまえ》駅に近い梅窓院《ばいそういん》の門前で北野夫婦と落ち合ったのは、八月十八日午後五時のことだ。当日朝八時に電話で約束していた。

北野は小林貢太郎の墓前に花をたむけ、線香を供え、手を合わせながら心の中で話しかけた。

『小林貢太郎の一周忌をこんなに早く迎えるとはねぇ。年を取ると時間が経つのがやけに早く感じます。あなたが精魂込めて大きくした東邦食品工業の激変ぶりは、わずか一年で泣きたいくらいだ。元はと言えばあなたの責任は免れないが……』

北野の次が順子、美和子、枝美子の順になったのは、枝美子の提案によるのだが、美和子が一番長かった。

北野は元気あふれる声で美和子に話しかけた。

「神田《かんだ》の錦町《にしきちょう》に〝四季交楽《こうらく》・然《ぜん》〟というレストランがあります。小林と飲んだことはないが、和食も洋食もあるので、わたしは重宝してます。精進料理を準備させてますので」

「静かな良いレストランですよ」

順子が口添えした。

「いつもいつもご馳走《ちそう》になるばかりで、申し訳ありません」

「美和子さん、なにをおっしゃいますか。小林の万分の一ですよ」

北野は枝美子へ視線を向けた。

「小父《おじ》さんに話したいことがいっぱいありそうだねぇ」

「はい。北野の小父さまも小母《おば》さまも興味津々なんですね」

「うん。そうなんだ。枝美子ちゃんのことだから〝小林商店〟に乗り込んで、ひと暴れしたような気がしている。ひと暴れはないか。武勇伝かねぇ」

「そうなんです。気恥ずかしくもありましたが、頼もしく思いました」

「それは楽しみだ」

ほどなく青山《あおやま》通りでタクシーに乗車できた。北野が助手席に、後部シートには順子、枝美子、美和子の順番だった。

「神田錦町へ行ってください。駅で言うと、地下鉄東西《とうざい》線竹橋《たけばし》の近くです」

「わたしが主人にご相伴させてもらったのは一度だけですけど、東京駅で地下鉄丸ノ《まるの》内《うち》線に乗り換えて、二つ目の淡路町《あわじちょう》から徒歩で十五分ほどかかったかしら。ビルのワンフロアを占めている大きなお店で、五十人ぐらいのパーティができる大部屋があったのを覚えています」

道路は比較的空《す》いていて、十二、三分で到着した。

部屋は板の間の掘り炬燵《ごたつ》式でゆったりとしていて落ち着けた。

「小父さま、オフィスビルの九階にしては風情がありますね。わたくしには勿体《もったい》ないです」

「昔、品川のお鮨《すし》屋さんで枝美子ちゃんの中学校入学のお祝いをしたことを思い出した」

「よく覚えています。小父さまと父がテーブル席へ移動して、内緒話をしていました」

「内緒話だったのかなぁ。すっかり忘れてしまった」

忘れる筈《はず》がない。〝怪文書〟の話だった。

「プレゼントの万年筆とボールペン、今でも使っています」

「嬉しいわ。枝美子ちゃん、ありがとう」

順子の嬉々《きき》とした声を聞きながら、北野は着物姿の仲居に、「生ビールを四つ。それといつもの白ワインをお願いします」と言いつけた。

献杯のあとで、北野は枝美子に催促した。

「筒井節をどんなふうに感じたのかな」

「それが急用とかで現れないのです。晶子夫人に呼び出されたと取締役総務部長の丸田さんは言い訳してました。ただ、小田社長さんがそのことを知らなかったのは腑《ふ》に落ちませんが」

「小田社長に会ったことはないが、営業一筋で元気のいい人だとは聞いている。それにしても、お二人を呼びつけておいて、〝田園調布〟詣《もう》でとは失礼きわまりないですね」

「まるで本妻さんの操り人形みたいに思えます」

北野は笑いながらのけぞって、枝美子を見遣《や》った。

「筒井節は操られるような人間じゃない。ずる賢い男だから、〝田園調布〟を担保に取っているだけのことでしょう」

美和子が口を挟んだ。

「枝美子、屋上の話をしてあげたらどうですか」

枝美子の説明は間然するところがなかった。

北野は唸《うな》り声を発し、ネクタイをゆるめた。

「そこまでやるとは凄《すご》い。胸の中で拍手喝采《かっさい》です」

「ほんとうに。わたくしも胸がスーッとしました。美和子さんはどうでしたの」

「ドキドキ、ハラハラしどおしでした。今でもそうです」

「咄嗟《とっさ》のことで、予《あらかじ》め決めていたことではありません。記念碑に刻まれた〝筒井節〟を見た時、頭がカッと熱くなったのは事実です」

「ふうーん。小田社長は見どころがある。株の話は出たのかな」

「はい。総務部長と次長の女性からありました。母がきちっと言い返しました。然《しか》るべき方に相談してから返事をしますって」

「然るべき人はわたしに決まってますねぇ。あすの朝、八時に総務部長に電話したらいいでしょう。お断りします、冗談としか思えないとわたしに叱りつけられた、でよろしい。筒井節は、然るべき人が北野久だとピンときてる筈です。ついでに、とろいのが会長でふんぞり返っているのは困ったものだって言ってもらいたいくらいですよ」

順子がさりげなくテーブルの下で北野の足を軽く蹴《け》った。

「わたしの名が廃るな。撤回します」

「総務部長も次長も愚かな印象です」

「むかし北野さまと小林がいた昭栄化学は一流ですけれど、東邦食品工業は小林が一代で築いた会社で、やはり二流なんでしょうか。枝美子は二流以下だと思っているかもしれません」

ワイン・クーラーとワイングラスが運ばれてきた。ブルゴーニュ産の白ワインのボトルだった。料理もテーブルに並んだ。

支配人の信太正利《しだまさとし》が挨拶《あいさつ》に顔を出した。蝶《ちょう》ネクタイで黒いスーツ姿だ。信太は童顔だった。

「精進料理とお聞きしましたが、どなたか……」

跪《ひざまず》いた信太に訊《き》かれ、北野は笑顔で応えた。

「きょうは畏友《いゆう》の小林貢太郎君の一周忌なんです。美和子夫人とお嬢さんの枝美子さん」

「信太と申します。北野さまには大変お世話になっています。ワインをあけてよろしいですか」

「信太さん、待ちかねてたんです」

「失礼いたしました」

ティスティングで、北野は「すっきりしていて美味《おい》しい」と応え、あっという間に五つのワイングラスに白ワインが注《つ》がれた。信太が貢太郎用にもグラスを準備したのだ。

「献杯！」

北野がグラスを持ち上げて発声した。

三人は黙ってグラスを掲げてから、ワインを飲んだ。

信太が退出したのを機に再び屋上の記念碑の話になった。

「小田社長は気骨があるな。イエスマンと思わぬでもなかったが、筒井節に言いたいことを言える男なのかもしれない」

「そうだとしましたら、嬉《うれ》しゅうございます。小林が眼をかけていた東邦食品マンであることは確かではないかと存じます」

「わたくしたちだけではなく、取締役総務部長と次長の前であれだけ明瞭《めいりょう》に、〝筒井節〟ではなく〝小林貢太郎〟であるべきだった、と話したんです。わたくしも良い根性をしていますでしょう？」

「眼に見えるようだ。枝美子ちゃんを改めて見直した。ど根性って言われても仕方がないね」

「小父さま、否定しません」

北野が中座した。トイレから出た時、信太が待ち受けていた。

「小林貢太郎さまはもしや東邦食品工業の創業者ではありませんか」

「そのとおりです。小林と会ったことがあるんですか」

「いいえ。お名前だけ存じています。コバチャン・ブランドは全国区ですので。お亡くなりになったことも存じていました。失礼ながら、良い白ワインがありますので、プレゼントさせていただきます」

「ありがたいなぁ。四人とも飲み助だから、さぞ喜ぶことでしょう」

信太の申し出を三人が受けない筈はなかった。

6

　翌八月十九日午前八時に会長専用の応接室で筒井と小田が向かい合っていた。この日は土曜日で半ドンだった。

「おまえは記念碑のことで俺にイチャモンをつけたらしいなぁ」

　筒井は血相を変えていた。いきなり喧嘩《けんか》腰とは想定外だ。丸田が逐一報告したと考えるべきだと、瞬時のうちに小田は思った。

「丸田を怒鳴りつけてやった。六月に取締役にしてやったのに、なんていうざまだと」

「丸田に落ち度はないと思いますが」

「おまえが記念碑を見せると言った時、止めないバカがどこにいる。しかも松山と二人で、のこのこくっついて行ったっていうんだから呆《あき》れて物が言えない」

「美和子さんと枝美子さんからぜひ見学したいとリクエストされて、断れると思いますか」

「そんな必要はない。俺だったら、断るよ。社員でもない奴になんで見せなければならんのだ。しかもだなぁ、見せたうえに、娘のふざけた振る舞いを注意するどころか、煽《あお》ったおまえはどうかしている。この際はっきり言っておくが〝筒井節〟であるべきだと、晶子令夫人は同意してくれたんだ。愛人と、その娘は立場をわきまえてないにもほどがあるな」

「見解の相違、人生観の相違というしかありませんね。わたしは会長のお考えに与《くみ》するつもりは、未《いま》だにありません。役員、社員の大勢はそうなんじゃないでしょうか。総務部長も次長も、昨日はそんな感じでしたよ」

「俺に対するおまえの今の発言は許し難い。銘記しておくとするよ。下がってくれ」

「もとより記念碑の話は、さしたることとは思っておりません。仕事の話をしたいのですが。せっかくの機会ですので、意見調整したいことがあります」

「なんだ」

小田は大きく深呼吸をしてから、筒井を凝視した。筒井は見返さず、天井を見上げた。

「新製品の乾麵《かんめん》の事業化をそろそろ決断していただけないでしょうか」

「………」

「二度にわたる常務会の試食会でも好評でした。営業部門、開発部門の突き上げも日増しに強まっています。特許を取得してから相当経っているんです。判断の先送りは社員の士気に影響しますよ。ゴーを出すべきです。会長、ぜひともお願い致します」

筒井は腕組みし、足も組んで、まだ天井を睨《にら》んでいた。

「常務会は会長の決断を心待ちにしています」

やっと筒井の眼が小田に向けられた。

「そんな簡単な話じゃないだろう。百億円もの設備投資をしなければならんのだぞ」

「無借金経営体質を変えるわけでもありませんし、開発部門の自助努力によって、約六十億円に圧縮できます。営業も張り切っている。会長がなぜ決断できないのか不思議でなりません。百パーセント成功する確信があると申し上げておきます。万一失敗したら、自分をクビにしてくださって結構です」

「考えておく。おまえの話を聞いただけで分かったとは言えんな」

「どうぞどうぞ。誰かれなしに話を聞いてください」

筒井に手を払われた小田はきつい眼をくれてから、黙って退出した。

7

小田が新製品の事業化で筒井と対峙《たいじ》したのは一度きりだが、常務会でも煮え切らない筒井に業を煮やし、社長決裁でゴーのサインが出された。

「会長の承諾をなんとしても取り付けてください」

ヒラメ集団は、筒井の逆鱗《げきりん》に触れることを怖れていた。

「社長の責任で押し通す。大成功するだろう。会長はわたしにひれ伏すんじゃないのか。皆さんに迷惑はかけないから安心しろ」

当然のことながら、新設備の建設中に筒井の知るところとなった。かつて資材を担当しただけのことはある。丸田といえども、恐怖心のあまりご注進に及べなかった。

だが、筒井は知らないふりを装った。〝田園調布〟に知恵をつけられたかどうかまでは分からないが、晶子から学んだ可能性は大いにあり得る。類は友を呼び、友は友を呼ぶとでも解釈するのが当たっているのかもしれない。

結果的に新商品は大当たりした。東邦食品工業社内の多くが予想したことでもあるが、小田の決断は的中した。事業、ビジネスにリスクゼロはあり得ないが、九十パーセント以上の確率で成功疑いなしを確信したからこそ、小田はゴーに踏み切ったのだ。開発部門と営業部門に強くせっつかれたことが担保になるとも考えた。

常務会で、筒井が小田と眼を合わせなくなったのは平成十九年二月頃からだ。新商品が大ヒットした直後である。

常務会の仕切り役は筒井である。

眼を合わせないどころか、小田に発言を求めなかった。小田が発言しようとすると、さえぎるように他のメンバーに振って、阻止した。

8

メンバーの誰の眼にも異常、異様と映った。常務会では控えざるを得ないが、常務取締役人事本部長の岩瀬光三はたまりかねて小田に電話をかけてきた。それも筒井が出張中の時にである。

「今からお訪ねしてよろしいでしょうか」

「もちろんオーケーだ。ウェルカムと言いたいな」

「それでは五分後に」

岩瀬は、社長執務室のソファーで小田と向かい合うなり堰《せき》を切ったようにしゃべり出した。

「ここへ来るのも楽じゃないですよ。丸田と松山に見張られてるのは分かってますからねぇ。しかし、常務会の空気はどう考えても異常ですよ。このままでは、東邦食品工業はどんどんおかしくなってしまいます。わたしの見るところ会長はあなたをやっかんでいるんだろうと思います。新商品でホームランをかっとばした。判断の先送りを悔やむよりも、あなたの功績をやっかむほうが先なんです。その程度のCEOなんですよ。ただ、このまま放置していいわけがありません。なんとしても流れを変えるべきです。そのためには社長のあなたに一歩、いや百歩引いていただくしかないと、わたしは思うのです」

「百歩でも千歩でも引くよ。その方法論を教えてくれないか」

「ない知恵を二人で絞り出しましょう」

「わたしには絞り出せないが、どうやらきみは知恵を用意してるみたいだねぇ」

岩瀬は相好を崩した。

「とにかくお二人の対話が必要不可欠です」

「わたしはその気十分だが、むこうはゼロだろう」

「会長執務室に執拗《しつよう》に押しかけてください。向こうが音をあげるまで幾度も幾度も足を運んでください。待てよ。会長の自宅を急襲する手もありますかねぇ」

「門前払いだろうな」

「寝袋でも持参し、座り込んで、梃子《てこ》でも動かないっていう手はどうですか」

「冗談じゃない。そんなみっともない真似できるわけがないだろう」

小田はふくれっ面を横にそむけた。

「ま、そうでしょうね。いま考えついたことですが、〝田園調布〟を使うのはどうでしょうか」

「〝田園調布〟に泣きを入れるっていうことかね」

「事情を話して、なんとか会長との仲を修復したいので取りもってくださいって頼み込めば、なんとかしてくれそうな気がしないでもありません」

小田の仏頂面がいっそう険しくなった。眼も当てられないとは、このことだろうと岩瀬は思ったが、声を励ました。

「会長と社長がこんなことで、社員に示しがつくのでしょうか。ここは辛抱あるのみです。忍び難きを忍ぶしかありません」

「大きな声を出すなよ。できない相談だな。あの人のことがどうにも苦手で仕方がないんだ。どうせ塩を撒《ま》かれるのが落ちだ。会長に実権を握られている事実は変えようがあるまい」

「わたしが晶子夫人を訪問するということなら、どうですか」

「止めたほうが無難だろうな。きみにとってリスキーであり過ぎる。会長の恨みを買うだけで、常務会の空気がもっと悪くなるぞ」

「しかし、このまま放ったらかしておくことはできません」

「きみの気持ちは嬉《うれ》しいよ。人事本部長だけのことはあるとも思う。きみの意向を尊重してとりあえず、会長執務室への日参をやってみるとするかねぇ」

「わたしは、なんで会長が社長を無視するのか理解に苦しみます。伏線というのか、感情論めいたなにかがあったのでしょうか」

小田が思案顔を下に向けてから、両手で顔をごしごしこすった。

「思い当たる節がないでもないんだが……」

記念碑の話を聞いて、岩瀬は厳しい顔で三度もこっくりした。そして深い吐息を洩《も》らした。

「ふうーん。そんなことがあったのですか。知りませんでした。そこまでやるのはいかがなものでしょうか」

重苦しい空気が漂い、二人の沈黙が二分も続いた。

「わたしはやり過ぎたとは思っていない。だが会長に相当根に持たれたことは間違いないだろうな」

「そう思います。当人が結構気にしていることも事実なんでしょう。古傷に塩をすりこまれたような思いだったかもしれませんよ」

「わたしもやり過ぎたと多少は後悔しているが、今さらなかったことにしてくれとも言えんしなぁ」

「これで〝田園調布〟を使う手が消えたことは確かですね」

「きみだから言えることだが、筒井会長っていう人は功績ゼロでトップになった人だ。社長に抜擢《ばってき》された時に小林オーナーと深井会長の間を行ったり来たり、うろうろしていた。自身では何一つ決められなかった。きみだって知ってるだろう」

「薄々承知しています」

「あんなのがトップの器だと思うかね」

「お応《こた》えしかねます」

「自分は営業でどれだけ仕事をしたことか。どれほど稼いだか、小林オーナーも知っている。社長に指名された時、当然とさえ思ったものだ。筒井氏との差はちょっとやそっとのものではないぞ」

自画自賛が過ぎるが、気持ちは分かる。だが、筒井はCEOで、人事権者なのだ。

「今度の大ヒットにしても、自分がゴーサインを出さなかったら、いつまで経っても先送りで、最悪を想定すれば特許の取得だけで終わった可能性もある。会社にとってこんなに喜ばしいことで焼き餅《もち》を焼くトップがいるなんて信じられんよ。記念碑の件にしても逆恨みとか言うんじゃないのかね」

「会長の立場に立てば、そうとも言えないのでしょう」

「筒井会長を排斥することは考えられないのだろうか。ふと思ったんだが、大昔の丸越《こし》事件の応用はどうなのかねぇ」

それは、名門の老舗《しにせ》百貨店の岡野《おかの》社長が眼に余る会社私物化により取締役会で退任に追い込まれた事件のことで、よく人口に膾炙《かいしゃ》していた。

「あり得ません」

岩瀬は間髪を容《い》れず否定した。

「岡野某はメディアにヤクザが背広を着ているとまで、こきおろされた人ですよ。比較の対象になりません。論外です」

「わたしもいよいよ進退きわまったか」

「そんなことはありませんよ。まず会長執務室詣《もう》でで様子を見ましょう。帰するところそれしかありません。お二人の対話が復活することを切に望みます」

岩瀬が時計を見ながら腰をあげた。

小田は秘書を通じて筒井との対話を切望したが叶《かな》わなかった。丸田を通してのアプローチも試みたが、ないものねだりも極まれりで、「わたしごときにそんな大役は務まりません」としゃあしゃあと言われた時には、「おまえも偉くなったなぁ」と言い返した。

「できないものはできない、と言っているだけのことです。偉くなったなどと言われる覚えはありません」

小田は、丸田につかみかかりそうになった。逆さ吊《づ》りにしてやりたいと思ったほど業腹だった。

9

東邦食品工業は平成十九（二〇〇七）年度三月期決算が売上高、営業利益、経常利益、純利益、いずれも過去最高を記録したことを四月上旬に明らかにした。

四月中旬の某日夕刻、筒井は小田を会長執務室に呼びつけた。

「おまえには六月で辞めてもらうが、四月の決算取締役会では発表しないで、六月の定時株主総会まで待つからな」

「藪《やぶ》から棒に、いったいなにごとですか」

小田は血液が逆流するのを自覚しながらも抑えた声で言い返した。

「身に覚えがないとは言わせないぞ。俺を虚仮《こけ》にしやがって。CEOは一人でいいんだ。CEOが二人いるのは困る。一期二年、区切りがいいじゃねぇか」

「人事権者には逆らえませんかねぇ。正確には一年五か月ですが、辞めてどうするんですか」

「とりあえず顧問っていうところだろう。退職慰労金等々は、おまえの出方次第だ。悪あがきすると損するだけだぞ」

「辞めなければならない理由を具体的に教えてください。会長は身に覚えがないとは言わせないぞ、とおっしゃったが、実は覚えがないのです。わずかながら覚えがあるとすれば、記念碑のことぐらいです。感情論として会長のお気持ちが分からないとは申しませんし、反省、後悔もしておりますが、それだけで一期二年での退任はないと思います」

「新商品のためのラインの建設を独断専行で決めたことは、どう説明するのかね」

「それ以外の選択肢があったら教えてください」

「ふざけやがって。手続き論として間違っているとは思わんのか」

「会長との意見調整をもっともっと綿密にやるべきだったかもしれません。そうありたいと願いましたが、受けていただけたとは考えにくいと自分は思います。失礼ながら言わせていただきます。一期二年でクビは、いくらなんでも飛躍し過ぎです。二期四年とまで申しませんが、せめてあと一年やらせていただけないでしょうか」

「小林オーナー令夫人の了承を取りつけてしまったので、俺としても引くに引けない。おまえ、四の五の言うと、損すると思うけどなぁ」

「考える時間を一日だけください」

「いいだろう。言っておくが、深井なんかに相談して埒《らち》があくと思わないほうが無難だろうな。晶子夫人のあいつへの信用度はゼロだ。研究会の株の問題でパーになったからな。オーナー令夫人を敬うか袖《そで》にするかの差は途轍《とてつ》もなく大きいんだ。深井はまったく分かってなかった」

「深井前会長に相談するつもりはありませんが、家族の気持ちは聞いてみたいと思っています。たとえばの話ですが、顧問になったとして、どんな仕事をさせてもらえるのでしょうか」

筒井は顔をあらぬほうへ向けた。

こんなバカCEOの下で働かなくて済むのも悪くないか。経営手腕ゼロのCEOでは、東邦食品工業の明日はないと思わなければいけない。筒井のへらへら顔を見ているうちに、泡立っていた胸の中がクールダウンしている自身に気づいて、小田は薄ら笑いを洩《も》らしていた。

「なにがおかしいんだ」

「自分のみじめさでしょうかねぇ。ほんと笑えてきますよ」

「自嘲《じちょう》っていうやつだな。顧問になって、しばらく蟄居《ちっきょ》してたらどうだ。女房孝行に海外旅行する手もあるかもなぁ。とにかくバタバタしないよう忠告しておく。静かにしてれば、良いこともあるんじゃねぇのか」

「承りました。一期二年で辞めさせてもらいます」

「そうこなくちゃなあ。潔くて、おまえらしいよ」

小田は社長執務室に戻るなり、私物の整理を始めた。会社関係の書類はすべて破いて屑箱《くず》に捨てた。大きな屑箱三杯分はあった。明日は段ボール箱を用意する必要がありそうだ。

ふざけるにもほどがある。こんなCEOの行方はどうでもいいが、東邦食品工業の将来はやはり気になる――。

10

小田雄造更迭のニュースは東邦食品工業OB会で話題になり、筒井への非難が集中した。公表されていないが、伝わらないはずはない。

「新商品のヒットは小田の決断なくしてあり得なかった」「小田を辞職させる筒井の気が知れない」「決断できなかった筒井こそ辞職すべきだ」そうした意見が続出し、署名入りの手紙で筒井に辞職を迫る豪の者もいたが、筒井は馬の耳に念仏でどこ吹く風を貫いた。手紙を出した者は七十五歳過ぎの後期高齢者でただのOBに過ぎない。無視されても仕方がなかった。

四月末の十数人によるOBの飲み会で、「深井さんの出番ではないのでしょうか」と発言した者がいた。

「深井さんはいくら焚《た》きつけられても動かないだろうな。研究会の株問題でチョンボし、口を封じられてしまった」

当該OBの発言に応えたのは青木光一だ。

「株問題ってなんのことですか」

青木は詳しく話して聞かせた。

「よく分かりました。しかし、最後に詫《わ》び状を深井さんに送りつけたのは筒井側でしょう。深井さんにはチェック機能が求められると思います。筒井を社長に強力に推薦した責任もあるんじゃないでしょうか」

この意見に同調する者も少なくなかったが、青木はぴしっと言ってのけた。

「深井さんと電話で話したが、小田君にも落ち度はあった。『CEOの会長を差し置いて、いくら結果オーライでも独断専行はまずかった。辞表を懐に意見調整をしつっこく迫るべきだった。自分が小田の立場だったら、そうしたろう』とおっしゃっていた。強いて言えば、筒井を庇《かば》う立場でもあることだしなぁ。深井さんは傍観者で押し通すしかないんじゃないかな」

座がシーンとなった。OBの中には東邦食品工業のグループ企業に閑職とはいえ、在籍し禄《ろく》を食《は》んでいる者も少なからず存在した。

「わたし個人としては小田君に同情しているが、OB会として筒井君に物申すことは難しいと思う。小田君を切り捨てたりせず、嵌《は》め込み先を考えてやるのが良いだろう」

青木はしみじみとしたもの言いだった。反論はなかった。青木発言がOB会の結論になった。

11

四月二十九日の祝日（昭和の日）、西鎌倉の北野久の自宅に息子の康博が訪ねてきた。午後六時頃のことだ。

北野は〝大喪の礼〟の日に、赤坂の東急ホテルでビールや熱燗《あつかん》を飲み、天麩羅《てんぷら》を食べながら小林貢太郎と長時間話し込んだことを回顧し、独り胸を熱くしていた。

二階の書斎からリビングルームに下りて行き、「ワインが目当てだな」と康博をからかったのは、照れ隠しでもあった。

「それがないとは言わないけれど、親孝行のつもりもあるんですが、分かってもらえませんか」

康博はすぐさまやり返して、笑いかけた。

順子が康博に加勢した。

「わたしは分かってます。忙しいのによく来てくれました。康博の顔を見るだけで元気がでます」

「さすが母上です」

北野はわざとらしく、いまいましげな顔をして、ソファーから腰を上げた。

ワインセラーから赤ワインのボトルを運んできたのは北野だが、グラスをセンターテーブルに並べたのは順子である。

北野はグラスを上げて一口飲んで、「いけるな」と言い、「久しぶりに美味《おい》しいワインです」と康博が応じた。

「おまえは銀行の本部でまだ課長なのか」

「もう四十八歳ですよ。いくらなんでも、もう少し上です」

「部長と課長の間とすると参事だな。相変わらず営業部門なんだろう。東邦食品工業の一連の事件をどう見てるんだ」

「小林貢太郎さんの早過ぎる死が惜しまれます。一期二年以下の社長交代は論外でしょう。食品業界に止《とど》まらず、広く伝わっているし、メディアが筒井会長を叩《たた》かないのが不思議ですよね」

「メディアに目を付けられないのは、わたしの立場ではありがたいと思わないとねぇ」

「筒井会長は名うての暴君なんですか。大局観のかけらもないと聞いています。〝お山の大将俺ひとり〟みたいなトップなんじゃないですか」

北野は二つのグラスを満たした。順子は一杯だけで、夕餉《ゆうげ》の支度に掛かっていた。

ワインのつまみはチーズだけだ。

「東邦食品工業はもう飽きた。話は飛ぶけど、そもそもサラリーマンで上に行けるサムシングとはなんだろうか。あるいは管理職の本分をおまえはどう考えてるんだ」

「先見性とか判断力とか、上下左右への目配りとか色々ありますが、上ばかり見ているのは愚の骨頂でしょう。部下に権限をどんどん委譲して、『リスクを恐れるな、責任は俺が取る』という上司に恵まれたら、こんな幸せなことはないと思うけど、現実は上ばかり見ている人たちのほうが、断然多いんじゃないですか。それと、俺が俺がと前へ出て行かないことには、後れを取りますよ」

「声が大きくて、体力抜群、上昇志向の強いのが上に行く傾向は否定できんだろうな。渉外力、交渉力があれば鬼に金棒かねぇ」

「派閥についてはどう考えますか」

「好きか嫌いかで人間関係は決まるが、派閥は競争原理が働くから、あったほうが良いと思うが。外野に見られない程度の派閥、いや競争かねぇ」

「リーダーによって企業は変わると思いませんか」

「当然だろう」

「僕は大和鉱油《やまとこうゆ》に注目しています。株式の上場を準備しているらしいのですが、創業者の唱えた〝人間尊重〟の大家族主義と決別することになるわけですから、強力、強大な企業に生まれ変わる可能性を秘めている。大借金経営で知られていますが、創業者の大和一族はサラリーマン社長の上場提案に抵抗できないでしょう」

「教祖をたてまつる大家族主義の限界が見えてきたというわけだな。上場が可能なら、一族は膨大な創業者利潤を得ることになるねぇ」

「おっしゃるとおり」

康博が二つのグラスにボトルを傾けた。

「飛躍してるようですが、大和鉱油も然《しか》りで、生涯雇用は日本企業の売りでしたが、アメリカかぶれの人たちにどんどん壊されていくんじゃないかな。弱肉強食がより鮮明になるっていうことですよ」

「しかし、生涯雇用で頑張れれば、そのメリットは少なくないように思えるが」

「親父たちの世代は、懐かしさみたいなものが濃厚にあるんでしょう。グローバル化は必然なんですよ。日本国はバブル経済の崩壊で痛い目に遭いましたが、ユダヤ資本にしてやられたと見る人たちも結構いますよ。経済に限らずユダヤ＝アングローサクソン連合の強さ、実力は計り知れない。日本経済はバブルにまみれながらよくぞ立ち直れたと思わざるを得ません」

「産銀も痛い目に遭ったな。ハワイ、パリ、ロスなどで巨額な損失を出したことを憶《おぼ》えているぞ」

「父上の故郷の昭栄化学はトリプトファンでやられて……。バブルとは違いますが、経営者の判断ミスでしょう」

北野は思案顔でワイングラスを両手でもてあそんだ。

「ところで中国をどう見てるんだ」

「広大な国土と膨大な人口をカウントすれば、世界一のマーケットということができます。ただし、四千年前から華僑《かきよう》のこすっからさには辟易《へきえき》させられてきましたが。これからますます中国には悩まされるでしょう」

順子に「食事にしましょう」と声をかけられ、二人はテーブルに移動した。

「中国が市場経済に与《くみ》して久しいが、一党独裁政府との自家撞着《どうちやく》で未来永劫《えいごう》に行けるんだろうか」

「分かりません。僕は嫌悪感を覚える国としか言いようがありません。感情論の極みとは分かっていますが……」

ワインが二本目になった。

話があっちへ行ったり、また戻ってきたりするのは仕方がない。

「企業のトップで一番困るのは、地位を守ることに汲々《きゆうきゆう》として、できる人を子会社に飛ばしたり、どけたりする輩《やから》だろう。小林貢太郎のような創業者は別格だが」

「起業家、創業者は死ぬほどの自助努力をしていることは確かですが、とかく自分の物差しをふり回しがちなんじゃないですか」

「まあねぇ。小林もそれがなかったとは言えないな」

「二人ともビジネスだかお仕事の話はいい加減にしてください。美味しいとか、不味《まず》いとか言ったらどうですか」

順子にたしなめられて、北野が「この筍《たけのこ》と鶏団子の煮物は旨《うま》い旨い」と取って付けたように言い、康博は深く頷《うなず》いてから、母親に笑顔を向けた。

12

五月五日の連休中に、北野久、順子夫妻は中目黒にある小林美和子の自宅マンションに招かれた。初めてのことだ。

美和子と順子の電話のやりとりは四月下旬にあり、五月五日の夕刻なら枝美子も在宅しているので、「お言葉に甘えさせていただきます」となったのだ。

美和子の手料理はなかなかのもので、わけてもちらし寿司《ずし》は玄人はだしの絶品だった。

「実は枝美子が四日の夜に帰宅してくれまして、下ごしらえを手伝ってくれたのです」

「昆布締めの鯛《たい》や海老《えび》、イクラなどをあしらったばらちらしはほんとうに美味しい」

北野は舌鼓を打つとは、このことだと何度思ったことか。

「食い物の恨みは、怖ろしいからなあ」

思い出し笑いを浮かべながら呟《つぶや》いたつもりだが、順子は聞き漏らさなかった。

「筒井さんからイクラの包みを投げつけられたことを、こんな時に……。どうかしてますよ」

「これが最後だ。二度と言わない……」

北野は照れ笑いを浮かべ、頭を搔《か》きながら続けた。

「たいしたことじゃないのでお二人には説明しません」

美和子と枝美子は首をかしげただけだった。

ナパの白ワインを飲んでいる時に、東邦食品工業のトップ人事の話になった。

「深井さんから聞きましたが、小田雄造さんは気の毒でしたねぇ」

「北野さまのおっしゃるとおりです」

「今度も〝田園調布〟を担保に取って、いや力を合わせてのほうが当たっているのかもしれないが、誰も筒井節の暴走を抑えられなかったそうです」

「会社のことには口出ししない人だと聞いていますが、宗旨替えしたのでしょうか」

北野は順子を軽く睨《にら》んだ。

「以前、深井さんと話しましたが、装っているだけで、関心を持たないとは考えにくくい。もっとも、筒井節の独り芝居という可能性も否定できないんじゃないでしょうか。考え過ぎかもしれないが、筒井が〝田園調布〟の担保力を利用しているだけで、小田雄造さんの更迭にまで関与しているとは思えない。〝田園調布〟のパワーは絶大だが、なんでもかんでも筒井節を支援する、筒井節に従うなんて非常識の度が過ぎますよ。常識と非常識、白と黒ぐらいのことが分からないなんて、あり得ないでしょう」

静かに白ワインを飲んでいた順子がグラスをテーブルに戻した。

「晶子さんのあなたへの憎しみは深井さんへの十倍とか百倍ですよねぇ。だとしたら、その延長線上で、なりふり構わずなんでもするんじゃないですか。美和子さんと枝美子ちゃんの所有株まで召し上げようとしたのは、筒井さん一人の知恵とは思えませんもの」

「殺してやりたいと思われても仕方がないか。おぞましい話になったが、わたしはこうして美和子さんと枝美子ちゃんとお会いできるだけで幸福感に浸っている。〝田園調布〟や筒井節を話題にすること自体がナンセンスかもしれない」

「でも、話題っていうかお二人がお酒の肴《さかな》にされるのは仕方がないと思います。わたくしたちも面白がって聞いておりますので、ご心配なさらないでください」

美和子は蛤《はまぐり》のしんじょとじゅん菜の吸い物を取りにキッチンへ立った。

ほどなく四つの椀《わん》がテーブルに並んだ。

「順序が逆になってご免なさい」

「どういたしまして」

順子がさっそく椀の蓋《ふた》をあけた。

「良い香りですこと」

「少し熱いかもしれません」

蛤のしんじょに、順子は舌を巻いた。

「こんなに凝ったお吸い物まで。お料理はどなたに……」

「近所に和食のお料理の先生がいらっしゃいます。材料費だけで、授業料なしなんです。女子大の教授をされているそうです。わたくしたち七、八人のグループには、大学で教えるためのお稽古《けいこ》みたいなものだとおっしゃってくれています」

「素晴らしい」

なるほど、と北野も思った。

「お母さんのお料理上手はわたくしの自慢です」

「ありがとうございます」

枝美子が四つのグラスに白ワインを注いで、椅子に座った。そして、北野をまじまじと見据えた。

「小父《おじ》さま、わたくしこの頃思うことにしているのですが、晶子さんというお方はわたくしの恩人ではないかと……」

「恩人？　いくらなんでも恩人はないでしょう」

北野の素《す》っ頓狂《とんきょう》な声をはねつけるように、枝美子は冷静に返した。

「あの方のお陰でわたくしはこの世に出生することができたとは考えられませんか」

「ふうーん。そう取って取れないこともないかねぇ」

「そう思うことで、胸のつかえが取れた気にもなるんです。物は考えようですね」

「枝美子ちゃんは優しさも相当なもんだ」

北野が天井に右手の人差し指を突き立てた。

「お父さんが、枝美子成長したなぁ、お見事、立派に育ったなぁって、褒めてくれてますよ。小林の笑顔が見えるようだ」

「ほんとうに。枝美子ちゃんの優しさはお母さん譲りですね」

美和子がそっと涙を拭《ぬぐ》ったのが眼に入って、北野も胸がじんとなった。

「枝美子ちゃんが晶子さんにお礼を言う日が来ることを願って乾杯！」

空々しい、白々しい。神ならぬ人間は感情の動物と称される。それはあり得ないと思いながらも、北野は言わずにいられなかった。

三人があわててグラスを手にして、北野に続いた。


（了）

解説――勁《つよ》く優しいリーダー像を求めて

加藤《かとう》正文《まさふみ》
（神戸新聞姫路支社編集部長兼論説委員）

作家生活四〇年で八〇を超す作品群を世に送り出した高杉良《たかすぎりょう》は、現代における経済小説の第一人者といってよい。経営者の情熱と苦悩、組織に生きるミドルの奮闘をリアリティーあふれる筆致で描き出してきた。

そのタイトルから独自の世界に引き込まれる。『金融腐蝕列島』『炎の経営者』『広報室沈黙す』『燃ゆるとき』『勁草の人』……。

本作品もずばり、『小説 創業社長死す』。その時、会社に激震が走る。創業者は偉大であればあるほど晩年はカリスマとして祭り上げられやすい。苦言を呈する幹部をいつしか外へ追いやり、聞こえがいいことをいうイエスマンで周囲を固めるきらいがある。そのトップが急死。会社に内包されていた問題が一気に噴出する。世襲にとらわれず後継者を適切に選んでいたのか。権限を順次、委譲していたのか。風通しはよいのか。そしてオーナー社長の親族は会社とどんな関わり方をしてきたのか。

「反面教師」

高杉の問題意識は至ってシンプルだ。

「年を取るとどんなに輝いていた人でも衰えてくる。判断力が鈍ってくる。どんなに素晴らしい経営者でも老害化していって人の意見を聞かなくなる。僕はこれは何だろうと思う。神ならぬ人間というのはそのぐらい愚かなものかなあと思うんですが、結局、自分がいちばん立派だと思うんでしょうね。そんなはずはない。いつまでたっても頭がシャープで、鋭く切り結ぶ経営者なんて、そんなにいるはずがない。ところが思い込んでしまう、俺しかいない、と。俺が存在しているからこの会社は存在するんだという思い込みで行動する」（『日本企業の表と裏』）

本作品でも随所にこの問題意識が出てくる。大手総合食品メーカー、東邦食品工業《とうほうしょくひんこうぎょう》の創業者小林貢太郎《こばやしこうたろう》。創業三〇年ほどで売上高約一五〇〇億円、従業員二〇〇〇人の大企業に育て上げたその手腕は見事だが、肝心の後継者が適切に選べない。創業以来、苦楽を共にしてきた実力者深井誠一《ふかいせいいち》を指名せず、「すべて小林の言いなりで使い勝手のいい」橋田晃《はしだあきら》を指名する。

〈「わたしは社長の器ではありません」

「やっかむ手合いはおるだろうが、社長心得のつもりで威張らなければ、自然みんながついてくる。地位が人を創るともいう。きみの社長は悪くない」〉

数年後、次の社長に小林は直言居士《こじ》である青木光一《あおきこういち》を選ばずに自身の忠実な僕《しもべ》である筒井節《つついせつ》を選ぶ。筒井は小林の妻晶子《あきこ》の寵愛《ちょうあい》を受けていた。小林の親友で本作のもう一人の主人公北野久《きたのひさし》はこのとき、「あいつの眼が節穴だったとは」と嘆く。その小林が急死。当時、相談役だったが、絶大なカリスマ性で全社を掌握していただけに、死後、社内は大きく揺れ動く。人事のミスが響いてくるのだ。大株主でもある未亡人晶子の支持を得た社長の筒井は、周囲を蹴落《けお》としワンマン体制を築き上げていく……。

高杉ファンの読者は読み進むと、舞台設定が『燃ゆるとき』（一九九〇年）、『ザ エクセレント カンパニー』（二〇〇三年）の延長線上にあることに気づくだろう。前二作が成長を希求する生き生きとした物語なのに対し、本作は企業の存続の難しさを感じさせる、ほろ苦い小説に仕上がっている。

底流にあるのはリーダーの資質とは何かを考える姿勢だ。高杉は新聞のインタビューで「反面教師としてのリーダーシップ論」と表現している。

「なぜこの小説を書いたかというと、リーダーはかくあってはならない、という願いを込めているわけです。この後継社長は、周りにイエスマンばかり集めて、歯向かう人は飛ばしちゃった。そういうことでは、昔日の輝きを取り戻すことは難しい。あと創業者も、もう少し自分の思うところを社員に伝えるべきでした。後継者選びにしても、意思をしっかり示しておくべきだった。結局、一番大事なのはリーダーなんですよ。リーダーで会社は劇的に変わるんです」（産経新聞）

引き際の難しさ

引き際はいつの世もどこの組織でも難しい。「後継者を育てるのが経営者の最大の仕事。すばらしい人材に恵まれた」と著名な創業社長がいえば、また別の創業社長は「彼は未熟だ。私が会長として引き続き経営を見ていかないと……」。実際、再登板するケースもあるのだ。

「倒産、合併、人事」は記者が狙うスクープの代名詞だ。なかでも人事は人間模様や社内力学が絡み合い、取材はことのほか難しいが、それまで気づかなかった企業の素顔が見えてくる。交代が実現しても権限がスムーズに委譲されるかどうかも注目だ。会長としてにらみを利かせたり、「シニア・チェアマン」なる肩書で経営陣に助言したり……。最初は蜜月《みつげつ》でも次第に社長と会長の間に亀裂が生じることも往々にしてある。重要な経営判断をめぐって会長が社長を解任することもある。その数年前の社長交代時には記者会見でフラッシュを浴び、満面の笑みで握手を交わしていたのだが……。

経営者の出処進退はどうあるべきか。「功成れば去る」は見事だが、長期政権、世襲など形はさまざまだ。人事が停滞すれば、組織の活力が次第に失われてしまうのは、数々の企業のケースが物語っている。

「権力者の『退き際』を観察することは、その人物と企業における制度を、全的に評価するための物差しを手にすることに通じている」。経済評論家内橋克人《うちはしかつと》は、労作『「退き際」の研究』で日本を覆う「閉鎖系システム」の問題点を指摘している。この閉鎖性は企業社会のみならず政界でも依然として、というよりますます深刻になっている。二世、三世……。組織、ひいては社会の活力が次第に奪われていくことをトップ、そして有権者は肝に銘じなければならない。

再生へのメッセージ

神戸新聞記者である私が最初に高杉に会ったのは二〇〇三年一月一四日付のインタビュー記事の取材時だった。当時、小泉純一郎《こいずみじゅんいちろう》政権の構造改革路線の中で不良債権が増殖し、破たんが相次ぎ、失業者が増え続けていた。

「デフレを甘くみた政策の失敗、これは竹中不況だ」。高杉は第一声で当時の金融・経済財政政策担当大臣、竹中平蔵《たけなかへいぞう》を厳しく批判した。その上で指摘した。

「まず雇用を守ることです。とりわけ終身雇用を。実際それが日本のパワーの源であり、ダイナミズムを生んだのです。日本の製造業には競争力のある企業がたくさんある。日本的経営の強みをもう一度、見直すべきなのです」

「バブル後の精神の荒廃の中で、映画監督の山田洋次《やまだようじ》氏の作品が心に響きます。私たちにとって何が本当の幸福なのか。『男はつらいよ』のシリーズや時代劇『たそがれ清兵衛』で共感を呼んだのは、家庭の大切さ、仕事をもつ意味、人間の誇りなどです。市場原理で〝勝った者が総取り〟という風潮がまかりとおると、そんな心のよりどころまでも壊されていく。いま、為政者に最も必要なのは、国民を委縮させるのではなく、再生への力強いメッセージなのです」

こうした共生の考え方は高杉の青年時代に培われたものなのだろう。特筆すべきは石油化学新聞の記者、編集長の経験だ。若い頃からものづくり企業の現場に飛び込み、経営者のみならず、技術者、労働者の行動をつぶさに見てきた。デビュー作の『虚構の城』の舞台は出光興産《いでみつこうさん》、名作『炎の経営者』は日本触媒《にっぽんしょくばい》、ドラマ化された『生命燃ゆ』は昭和電工《しょうわでんこう》といった具合に、深く取材した化学工業の世界は名作の数々を生んだ。

そこで知己を得た経営者と親しく接する中で高杉の「組織とリーダー論」が醸成されていく。リーダーの資質をずばり「勁さと優しさを兼ね備えたものであるべきだ」とする。雇用を守り、人を育て、社会に貢献する――。敬愛する経営者たちはこの姿勢が共通していた。日本興業銀行《にっぽんこうぎょうぎんこう》（現みずほフィナンシャルグループ）元頭取・中山《なかやま》素平《そへい》、東洋水産《とうようすいさん》創業者・森和夫《もりかずお》、日本触媒創業者・八谷泰造《やたがいたいぞう》……。こうした先達から学んだ哲学が作品のバックボーンとなっている。読んで勇気の出るような向日性のある物語にその真骨頂が発揮される。これに対して、経営を私物化するトップや拝金主義の為政者、市場原理を至上とする世論に対して厳しく批判してきたのは前述のとおりだ。

虚実皮膜

東京都杉並《すぎなみ》区浜田山《はまだやま》。自宅マンションから徒歩一〇分ほどのところに仕事部屋を置き、執筆に集中する。「僕の場合、取材が七で執筆が三。取材が終わった段階でもう七割ができあがっているということですよ」。調査マンを使わず、自らアポイントを取り取材する。仕事場には雑音を避けるために電話も置いていない。原稿を書くスタイルはパソコン時代になっても変わらず、いまも二〇〇字詰めの原稿用紙とボールペンだ。「僕はアルチザン（職人）ですから」という言葉が耳に残る。

ばらばらの真実のかけらを集めて「虚構の世界」を構築するのが作家の力量だ。実在の人物や組織を想起させる記述もあるが、「作家として想像力で現実を強調、変形させ、小説における真実を浮き彫りにする」。そこで生まれる迫力が「実の世界」を強め、虚実を超えるリアリティーとして結実する。

江戸時代の劇作家、近松門左衛門《ちかまつもんざえもん》は「虚《うそ》にして虚にあらず、実にして実にあらず、この間に慰《なぐさみ》が有るもの也」と書いた。虚が実を強め、実もまた虚を強める。有名な「虚実皮《ひ》膜《にく》」論だ。虚実を行き来する中にリアリティーが生まれるというのだ。合理性(=実)に裏打ちされた経済社会を扱う経済小説にはより切実に、虚実の絶妙のバランスが必要になる。

今、経済小説が隆盛だ。「組織と個人」に焦点を当てた城山三郎《しろやまさぶろう》、企業や人間の暗部を描いた梶山季之《かじやまとしゆき》や清水一行《しみずいっこう》らが先達だが、高杉に続いて高任和夫《たかとうかずお》、幸田真音《こうだまいん》、楡《にれ》周平《しゅうへい》、黒木亮《くろきりょう》、池井戸潤《いけいどじゅん》、真山仁《まやまじん》、相場英雄《あいばひでお》らの活躍が目立つ。また松村美香《まつむらみか》や梶山《かじやま》三郎《さぶろう》らの今後も楽しみだ。今後、混迷する政治経済情勢にあって本質をえぐる小説がますます求められてくるのは間違いない。同時代を生きる人間がリアルに感じられ、何より希望がにじむ作品を読んでいきたい。(敬称略)

発見！角川文庫

×

打ち上げ花火、
下から見るか？
横から見るか？

8.18（金）公開

017「打ち上げ花火、下から見るか？横から見るか？」製作委員会

参考文献

高杉良、佐高信『日本企業の表と裏』一九九七年、角川書店
内橋克人『「退き際」の研究』一九九三年、講談社文庫
高杉良『男の貌《かお》　私の出会った経営者たち』二〇一三年、新潮新書
産経新聞連載「話の肖像画　高杉良①」二〇一五年四月二七日付朝刊
神戸新聞の高杉良関連記事

本書は二〇一五年一月に小社より刊行された単行本を文庫化したものです。

小《しよう》説《せつ》 創《そう》業《ぎよう》社《しや》長《ちよう》死《し》す

高《たか》杉《すぎ》 良《りよう》

平成29年 5月25日 初版発行

発行者●郡司 聡

発行●株式会社KADOKAWA
〒102-8177 東京都千代田区富士見2-13-3
電話 0570-002-301（ナビダイヤル）

角川文庫 20343

印刷所●株式会社暁印刷 製本所●株式会社ビルディング・ブックセンター

表紙画●和田三造

ISBN978-4-04-105481-9 C0193

角川文庫発刊に際して

角川源義

第二次世界大戦の敗北は、軍事力の敗北であった以上に、私たちの若い文化力の敗退であった。私たちの文化が戦争に対して如何に無力であり、単なるあだ花に過ぎなかったかを、私たちは身を以て体験し痛感した。西洋近代文化の摂取にとって、明治以後八十年の歳月は決して短かすぎたとは言えない。にもかかわらず、近代文化の伝統を確立し、自由な批判と柔軟な良識に富む文化層として自らを形成することに私たちは失敗して来た。そしてこれは、各層への文化の普及滲透を任務とする出版人の責任でもあった。

一九四五年以来、私たちは再び振出しに戻り、第一歩から踏み出すことを余儀なくされた。これは大きな不幸ではあるが、反面、これまでの混沌・未熟・歪曲の中にあった我が国の文化に秩序と確たる基礎を齎らすためには絶好の機会でもある。角川書店は、このような祖国の文化的危機にあたり、微力をも顧みず再建の礎石たるべき抱負と決意とをもって出発したが、ここに創立以来の念願を果すべく角川文庫を発刊する。これまで刊行されたあらゆる全集叢書文庫類の長所と短所とを検討し、古今東西の不朽の典籍を、良心的編集のもとに、廉価に、そして書架にふさわしい美本として、多くのひとびとに提供しようとする。しかし私たちは徒らに百科全書的な知識のジレッタントを作ることを目的とせず、あくまで祖国の文化に秩序と再建への道を示し、この文庫を角川書店の栄ある事業として、今後永久に継続発展せしめ、学芸と教養との殿堂として大成せんことを期したい。多くの読書子の愛情ある忠言と支持とによって、この希望と抱負とを完遂せしめられんことを願う。

一九四九年五月三日

角川文庫ベストセラー

金融腐蝕列島 (上)(下)
高杉　良

大手都銀・協立銀行の竹中治夫は、本店総務部へ異動になった。総会屋対策の担当だった。組織の論理の前に、心ならずも不正融資に手を貸す竹中。相次ぐ金融不祥事に、銀行の暗部にメスを入れた長編経済小説。

勇気凜々
高杉　良

放送局の型破り営業マン、武田光司は、サラリーマン生活にあきたらず、会社を興す。信用を得た大手スーパー・イトーヨーカ堂の成長と共に、見事にベンチャー企業を育て上げた男のロマンを描く経済小説。

呪縛 (上)(下)
金融腐蝕列島Ⅱ
高杉　良

金融不祥事が明るみに出た大手都銀。強制捜査、逮捕への不安、上層部の葛藤が渦巻く。自らの誇りを賭け、銀行の健全化と再生のために、ミドルたちは組織の呪縛にどう立ち向かうのか。衝撃の経済小説。

再生 (上)(下)
続・金融腐蝕列島
高杉　良

金融不祥事で危機に陥った協立銀行。不良債権の回収と処理に奔走する竹中は、住宅管理機構との対応を命じられ、新たな不良債権に関わる。社外からの攻撃と銀行の論理の狭間で苦悩するミドルの姿を描く長編。

青年社長 (上)(下)
高杉　良

父の会社の倒産、母の病死を乗り越え、幼い頃からの夢だった「社長」になるため、渡邉美樹は不屈の闘志で資金を集め、弱冠24歳にして外食産業に乗り出す。「和民」創業を実名で描く、爽快なビジネス小説。

角川文庫ベストセラー

小説 ザ・ゼネコン　高杉 良

バブル前夜、銀行調査役の山本泰世は、準大手ゼネコンへの出向を命じられる。そこで目にしたのは建設業界のダーティーな面だった。政官との癒着、談合体質、闇社会との関わり――日本の暗部に迫った問題作。

燃ゆるとき　高杉 良

築地魚市場の片隅に興した零細企業が、「マルちゃん」ブランドで一部上場企業に育つまでを描く。東洋水産の創業者・森和夫は「社員を大事にする」経営理念のもと、様々な障壁を乗り越えてゆく実名経済小説。

ザ エクセレント カンパニー　新・燃ゆるとき　高杉 良

「サンマル」ブランドで知られる食品メーカー大手の東邦水産は、即席麵の米国工場建設を目指していた。「人を大事にする」経営理念のもと、市場原理主義の本場・米国進出に賭けた日本人ビジネスマンの奮闘！

迷走人事　高杉 良

大手アパレルメーカー広報主任の麻希は、ワンマンで鳴らす創業社長の健康不安を耳にする。後継者は、息子の専務か、片腕と言われる副社長か。働く女性の視点から、会社、業界の問題点を浮き彫りにした力作。

混沌（上）（下）　新・金融腐蝕列島　高杉 良

大手3行の統合で、世界一のメガバンクが誕生した。衝撃を受けた都銀上位行・協立銀行経営陣は、首都圏と中京圏を基盤とする都銀2行の弱者連合へ割り込もうと画策。特命を受けた広報部長の竹中は奔走する。

角川文庫ベストセラー

角川文庫ベストセラー

角川文庫ベストセラー

大義の末　城山三郎

天皇と皇国日本に身をささげる「大義」こそ自分の生きる道と固く信じて死んでいった少年たちへの鎮魂歌。青年の挫折感、絶望感を描き、〝この作品を書くために作家を志した〟と著者自らが認める最重要作品。

仕事と人生　城山三郎

「仕事を追い、猟犬のように生き、いつかはくたびれた猟犬のように果てる。それが私の人生」。日々の思いをあるがままに綴った著者最晩年、珠玉のエッセイ集。

マリア・プロジェクト　楡　周平

妊娠22週目の胎児の卵巣に存在する700万個の卵子。この生物学上の事実が、巨額の金をもたらすプロジェクトを生んだ！　その神を冒瀆する所業に一人の男が立ち向かうが……。

フェイク　楡　周平

大学を卒業したが内定をもらえず、銀座のクラブ「クイーン」でボーイとして働き始めた陽一。多額の借金を返済するため、世間を欺き、大金を手中に収めようとするが……。軽妙なタッチの成り上がり拝金小説。

クレイジーボーイズ　楡　周平

世界のエネルギー事情を一変させる画期的な発明を成し遂げた父が謀殺された。特許権の継承者である息子の哲治は、絶体絶命の危地に追い込まれるが……時代の最先端を疾走する超絶エンタテインメント。

角川文庫ベストセラー

エネルギー（上）（下）　黒木亮

サハリンの巨大ガス田開発、イランの「日の丸油田」、エネルギー・デリバティブで儲けようとする投資銀行。世界のエネルギー市場で男たちは何を見たのか。壮大な国際ビジネス小説。

新版　リスクは金なり　黒木亮

駅伝に打ち込んだ大学時代、国際金融マンとして経験した異文化、人生の目標の見つけ方、世界の街と食……。海外生活30年の経済小説家がグローバルな視点で書いた充実のエッセイ集。書籍未発表作品を多数収録。

投資アドバイザー有利子　幸田真音

貯蓄から投資への機運が高まる中、証券会社のやり手投資アドバイザー・財前有利子は、個人客の投資相談に取り組んでいる。個人金融資産運用の世界を描く、コミカル・エンタテインメント経済小説の誕生！

Hello，CEO.《ハロー シーイーオー》　幸田真音

外資系カード会社に勤務する27歳の藤崎翔は、会社が大規模なリストラ策を打ち出したことを機に独立、仲間たちと新規事業を立ち上げる。CEO（最高経営責任者）として舵取りを任されるが……青春経済小説！

財務省の階段　幸田真音

財務省の若手官僚が自殺した。遺されたノートには昭和初期の経済政策が綴られていた——彼の真意とは？　国会議事堂、日銀、マスコミ、金融市場を舞台に、経済の裏側に巣くう禍々しいものの正体に迫る！

角川文庫ベストセラー

ランウェイ（上）（下）　幸田真音

有名ブランドの販売員として働く真昼にバイヤーとして活躍できるチャンスが巡ってきた。ファッションの仕事の魅力に目覚めはばたく女性を描く、新時代のサクセス・ストーリー。

ランウェイ（上）　幸田真音

有名ブランドの販売員として働く真昼。社内恋愛で結婚の約束までしていた彼にふられてやむなく転職した真昼に海外出張のチャンスが巡ってきた。だが、帰国後の彼女を待ちうけていたのは大トラブルで――!?

ランウェイ（下）　幸田真音

バイヤーとして仕事の手応えを感じる真昼は、老舗セレクト・ショップに転職。だが、金融危機の影響で親会社が事業からの撤退を決める。失意のままニューヨークに辿り着き、見つけた新たな目標とは――。

天佑なり（上）　高橋是清・百年前の日本国債　幸田真音

足軽の家の養子となった少年、のちの高橋是清は、英語を学び、渡米。奴隷として売られる体験もしつつ、帰国後は官・民を問わず様々な職に就く。不世出の財政家になった生涯とは。第33回新田次郎文学賞受賞作。

天佑なり（下）　高橋是清・百年前の日本国債　幸田真音

日露戦争の戦費調達を命じられた高橋是清は、ロンドンで日本国債を売り出し、英語力と人脈を駆使して成功を収める。蔵相、首相をも歴任、金融恐慌の鎮静化にも尽力するが、そこへ軍国主義の波が押し寄せる。